Le Train de Nulle Part

Michel Thaler

Le Train de Nulle Part

Au fil des Sorayades !

LES ÉDITIONS DU NET
22 rue Édouard Nieuport 92150 Suresnes

ISBN : 978-2-312-02783-8

À tous les farouches ennemis du verbe, adeptes inconditionnels du présent absolu.

À tous les partisans de la décolonisation de l'écrit et de la mise à mort ou, d'une manière plus acceptable, de la mise au silence et de l'exclusion du verbe. Le verbe cet envahisseur, ce dictateur, cet usurpateur de notre littérature depuis toujours !

À tous les suiveurs de cette nouvelle mouvance : gens de la marge en quête d'un réel renouveau de l'écriture, cascadeurs de la modernité, trapézistes de l'image dépouillée et du sentiment poétique absolu.

Enfin, à tous mes adversaires coagulés dans un système aussi respectable que traditionnel et garrottés par le champ de vision de leurs magistrales œillères !

Michel Thaler

Sorayades alpha

Quelle aubaine ! Une place de libre, ou presque, dans ce compartiment. Une escale provisoire, pourquoi pas ! Donc, ma nouvelle adresse dans ce train de nulle part : voiture 12,3ème compartiment dans le sens de la marche. Encore une fois, pourquoi pas ?

– Bonjour Messieurs Dames. Un segment du voyage avec vous ! Ou peut-être pas ! Tout comme la totalité de l'itinéraire, du moins le mien !

À ces mots de circonstance, en pleine harmonie avec la situation, une grognasse parfumée dans le vulgaire, à califourchon sur son baudet de service, l'œil migrateur, les lèvres taillées pour d'autres itinéraires, les mains grassouillettes aux relents d'eau de vaisselle, le sourire scatologique ; bref, tout un programme !

Et de sa voix de fosse d'aisance en action :

– Malheureusement, pas de place là-haut, même à côté de ma valise, pour vos bagages !

– Pour mes bagages ? Mais pour quels bagages ?

Et elle, le ricanement à l'eau de bêtise immédiat, les joues en forme de tripes de dinde déjà fripées comme de la rayonne pour doublure de futal, le battoir droit grossièrement sous son menton :

– Oui ! Hein ! Pour vos bagages ! Hein !

– Quelle idée, Madame ! Mes bagages ? Tous dans ma tête et dans mon cœur, et certains autres aux enfers !

Alors, la bécassine sous-midinettement cosmétiquée en plein hennissement :

– Aux enfers, hein ! Aux enfers ! Vos bagages aux enfers, hein ! Impossible des bagages aux enfers, hein ! Encore une histoire de fou, hein !

Cette créature hennissante, quel affligeant spectacle !

Soudainement, dans ma tête, comme un goût de contre-voie ! Mais trop tard pour un brancardier du rêve comme moi !

Toutefois, de ma part, telle une buse, un irrésistible besoin de justification auprès de cette pétasse impropre jusqu'à la consommation ! Car, entre nous, un veau marin de cet acabit dans un plumard, quel punitif entracte ! Quant à mon souci de justification : normal ! Comme toujours avec les cons !

– Illusoire, Madame, le culte du bagage pour un voyageur terrestre !

Et elle, encore plus gélatineusement ricaneuse, mais cette fois pas à la mode chevaline ! Plutôt, d'ailleurs, comme une laie en rut, à l'adresse de son mâle en pleine tétée ! Car lui, en effet, un nichon bleuâtre en forme de demi-pastèque talée dans la truffe.

– Encore un ravagé de la touffe, hein ! Bon pour l'asile, hein ! Hein ! Mon gros lapin ! Hein !

Quant à son mulet, le membre viril agressif, un groin de bâtard même pas dégrossi à la varlope ! Et encore moins au bouvet ! Avec ses furoncles verdâtres à la racine de son cou bovin, avec ses cils croûteux, avec ses yeux d'un brun marécageux, avec ses allures de faux maquereau de bas quartiers portuaires, avec ses rouflaquettes inondées de pellicules, avec son blair généreusement crotté, encore un beau spécimen d'un pays en marche !

Lui aussi, en plein hennissement, mais à la manière rauque. Quelle chorale ! Mazette ! Alors, la caboche relevée, encore du fromage blanc entre les ratiches, dans un grognement presque provocateur en guise de réponse à sa gerce :

– Dacodac, ma grosse chatte gourmande ! Pas net ce blaireau ! Ou un cureton ou un barge !

À côté de ce couple, une potelée de partout, gercée jusqu'à la craquelure comme une vieille table de nuit à la laque exaspérée.

Sur ses genoux un mioche d'une rare hideur. En fait, un tas d'eczéma ! Peut-être le fruit d'une trouduculade collective avec un galeux de passage ! Quel destin quand même !

Et juste à côté de cette pochette-surprise, génitrice-mioche, un gros plein de soupe violacé, gavé à la charcutaille avec, en guise de probant témoignage, ses flatulences parfumées à l'andouillette de grande surface. Tout à fait le morphotype du syndicaliste de choc, bouffeur de patron, tête d'âne, revanchard à temps complet avec un codicille pour les actions sanguinaires ! Certainement un ennemi de la pince à sucre, et a fortiori de la particule ! À coup sûr un pois chiche dans la caboche, et de la meilleure qualité !

Comme tous les apparatchiks de la politicaille, de sa part un besoin sordide de marquage de son territoire idéologique ! Alors, aux autres voyageurs de ce compartiment, cette bouillie pas franchement rouge sang de bœuf, mais pire ! Du rose bobo !

– Pas très démocratiques toutes vos considérations ! Normal ! Après la mise au chômage de la guillotine ! Pas assez de têtes tombées dans les paniers du peuple ! Camarades, à vos ustensiles ! Encore beaucoup de boulot devant nous !

Cet adepte de la Terreur : un con sanguinaire et haïssable !

Face à cet électeur coagulé dans son bon droit, un contrefait exemplaire. Une tête de cauchemar que ce vrillé de partout, que ce noueux mal ficelé par la vie. Une description lapidaire pour une meilleure approche du personnage : la cinquantaine baveuse, le tronc en baïonnette, les mains rocailleuses déboîtées des poignets, et tout le reste du même jus ! Bref, une sorte de mammifère velu à forme humaine ! Un émergé de la famille des redoutables primates des temps lointains ! Un homologue à peine supérieur de la faune des forêts pesantes, tourmentées et plus qu'incertaines.

Sa tronche : tout un programme à elle seule ! D'abord, le teint de la peau couleur pain brûlé, fût de chêne, vieil armagnac, pisse stagnante, caramel fondu, crotte desséchée !

Donc, le bronzage appuyé des gens de la terre, des cultivateurs d'avant l'exode rural, au cou strié, raviné, hersé. Des anciens de nos campagnes, hommes et femmes en plein attelage aux timons de la rudesse, gens de moissons, gens de vendanges, aux champs ou à la vigne avec, comme seul point de repère, l'écho des heures frappées à la volée sur le clavier du clocher d'un village lointain. Ces anciens de Vallières et d'ailleurs : des grands !

Oui, le bronzage de la paysannerie encore debout jusque vers les années 1950 ; de celle avec les fermières à la traite, en fin d'après-midi, le seau entre les jambes ; de celle du fusil de chasse suspendu au porte-manteau à côté d'un treillis moucheté par la boue et strié par la broussaille ; de celle de la cheminée aux mêmes et prégnantes odeurs de suie, et ça de pères en fils ; de celle des vins de soif et du jambon suspendu à une poutre calcinée ; de celle des costumes à rayures pour la messe et les grandes occasions de la vie ; de celle des robes en cretonne, ternes et grossièrement florales ; de celle des mémorables beuveries à l'heure des fêtes locales ; de celle, entre deux sillons, au cul de la herse, de la charrue ou du rouleau, avec le paquet de gros gris dans la poche rêche et épaisse d'un bleu acheté à la coopérative ; de celle de la couenne de lard, parfois agrémentée d'une rondelle d'oignon, entre deux tranches de pain de seigle, avec la chopine de franche vinasse, et non plus cette fois de vin de soif devenu aujourd'hui, dans certaines régions, moultement apprécié. Voilà mon enfance à Vallières ressuscitée ! Vallières et la cueillette des doryphores sur les feuilles de pommes de terre, dans les boîtes de cirage !

Rien de commun avec les exploitants agricoles des temps nouveaux, le cul sur leur tracteur, le tube d'antidépresseur dans la fouille, tous plus ou moins candidats à l'infarctus !

Pas assez de larmes dans nos cœurs pour cette paysannerie morte et enterrée avec la complicité et la bénédiction des gouvernements et de leurs valets, plus hommes politiques qu'hommes d'État et justiciables, de ce fait, d'une inhumation gratuite, mais de leur vivant, dans les sillons de la République !

Mais lui, le contrefait, encore autre chose ! Un alliage entre les vieux de la vieille des gens de la terre, les bûcherons de toujours et les créatures les plus hirsutes d'un Moyen-âge profond.

Ses tifs, plutôt sa tignasse, du crin, de la queue de bovidé ! En bref, une broussailleuse plantation au départ du front, en dégringolade désorganisée jusque derrière la nuque. Et là, le balai-brosse intégral sans le moindre semblant de dégradé. Quant à la couleur, de l'indescriptible ! Des mèches de cendre, comme trempées dans du fromage blanc jaunâtre et rance ! Ce parfait bruxomane aux pics de hérisson sur les joues, un authentique sursitaire des temps révolus ! Voilà un spécimen de choix pour écologistes mondains !

Ses yeux : ceux d'un affolé, d'un halluciné, d'un dépossédé, d'un ébahi par le spectacle du monde, d'une bête fauve hystéroïde programmée, en d'autres temps, pour le bûcher, mais aussi d'un enragé, d'un capable du tout, sauf du meilleur, ou alors d'un meilleur lourdement masochisé ! Bref, des calots ailes de corbeau, globuleux tels des boules de billard en pleine roulade de haut en bas, de long en large. Une comparaison possible, également, avec des billes d'acier en sataniques tournoiements.

Personnage d'épouvante que ce parfait bougre, peut-être originaire, en des temps fort anciens, des contrées les plus retirées d'une Bulgarie enkystée dans les anciennes provinces romaines de Thrace et de Mésie.

À côté de cet ostrogoth, à l'angle tribord, près de la vitre, un voyageur de contraste, du moins dans les apparences, aux antipodes du contrefait ! Mais derrière la face cachée des choses, comme derrière celle des êtres, des connivences toujours possibles, des mosaïques de compagnonnages sournois et inattendus ! Car, à tronche dissemblable, peut-être foncière harmonie sur la palette des complicités ! Un risque jamais exclu ! Toutefois, de vous à moi, une hypothèse aussi improbable qu'un bidet polyglotte, ou qu'un lampadaire hétérosexuel, ou encore qu'un recueil de poèmes de Tristan Corbière, de Jules Laforgue, de Guillaume Apollinaire ou d'Arthur Cravan entre les mains d'un crétin de la pire espèce ou d'une oie grassement demeurée !

Donc, ce supposé intello du compartiment, vrai ou faux, aucune importance d'ailleurs ! Plein phare sur lui : un demi-chauve au profil ecclésiastique. Peut-être un défroqué de la dernière heure ! Un père jésuite (Jés-huître pour la perle ! Évidemment de culture…) bardé de clandestinité ! Ou, après tout, un prélat d'un autre Ordre ! Oui, pas forcément un disciple de Ignace de Loyola ou de l'un de ses épigones en la personne, par exemple, du redoutable et redouté confesseur de Louis XIV, le Révérend Père Lachaise, cette fine lame de l'esprit le plus facétieux, le plus méandreux, le plus onctueux !

Et moi, habité par cette pensée saugrenue et non appropriée, dans un automatisme stupide et plus fort que ma volonté, à haute, à très haute voix :

– Sacré Révérend Père Lachaise ! Sacré confesseur fort en dragonnades ! Sacré tempérament avec les soupirantes du roi ! Avec lui, des confessions, oui, mais à bout portant !

À peine cette saillie lancée à la poignée de voyageurs ici présents que le contrefait, dans un braillement convulsif, haineux et complètement imprévisible :

– Espèce de chien de garde de la culture en place, comme vous tous d'ailleurs, clebs de bibliothèques, de librairies, de musées, de grandes écoles. Moi le péquenaud, moi le difforme, moi le mal parti, merde, re-merde et re-re-merde à votre savoir ! Oui, merde à votre petite instruction devenue, au fil des régimes, une géantissime culture ! Vous les lécheurs d'excréments d'une Histoire de trop longue date malmenée, polluée, empoussiérée ! Oui, merde à votre savoir, vous les orpailleurs de bouquinistes, les gourmets de l'anecdote inutile, les partouzards de l'érudition, les farfouilleurs de l'étrange, les cuistres de salons, les fripouilles de la banalité, les postillonneurs de la dernière sauterie culturelle à la mode ! Vous autres, gens de gauche passés à droite, gens de droite passés à gauche, gens de gauche et de droite passés au centre, selon les opportunités, les tiroirs aux avantages ! Rats puants ! Surmulots mondains ! Gaspards de salons ! Tout dans la glose de vidange !

Et moi, surpris, admiratif, déconcerté par la dialectique du contrefait au profil d'effrayante et hideuse gargouille en exergue sur une façade gothique :

– Bravo ! Encore ! Encore ! Et en plus volcanique ! Et en plus vitriolé ! Et en plus corrosif ! Mais, de grâce, vos bombardes pas uniquement sur les mulets du Système ! Mais également sur les chèvres, sur les oies, sur les dindes, sur les bécasses par exemple !

– Sur les deux mon cher docteur ! Pour les frelu-caquets comme pour les frelu-quéquettes de piètre domesticité mentale !

Pour les brouteurs et les brouteuses de petits fours et les machouilleurs et les gobeuses de diarrhée verbale, pour les crapahuteurs et les sirènes de canapés ! Oui, pour les deux mon bon docteur !

– Pourquoi docteur plus que maître, ou que commissaire, ou que Monsieur ? Bizarre... Vraiment bizarre ! Singulière intuition !

– Tout au pif, mon cher docteur ! À l'instinct ! Vous, pas une gueule d'anonyme ! L'envers flagrant du passe-partout pour chambre d'hôtel borgne ! Le toubib à pleins naseaux ! Rien de vexatoire là-dedans mon pote !

– Peut-être ! Mais dans ma démarche rien d'un Professeur Henri Mondor, d'un Anton Tchekhov, d'un Victor Segalen, d'un André Breton ou d'un Louis Aragon, et encore moins d'un Alexis Carrel ! Peut-être dans la mouvance d'un Céline, très certainement ! Et quel honneur ! Mais pas raciste pour un rond !

Et le contrefait, devenu soudainement grave, cette répartie d'une foudroyante lucidité :

– Pour moi, aucune importance. Car vous, comme nous tous, voyageurs du train de nulle part au plein cœur des Sorayades, accoudés sur notre cabestan imaginaire ou sur notre bastingage nacré, garanti pure platine, porteurs, les uns comme les unes, d'une croisière peu enviable, même frappée du pavillon de la désinvolture, d'un savoir naufragé ou d'une inculture tonitruante. Car tous, sans la moindre exception, porteurs d'une traversée programmée pour le naufrage !

Et pendant ce temps-là, le train de nulle part à très vive allure à travers des paysages cacochymes parsemés d'enclaves au béton dévoreur.

Ici et là, quelques soubresauts d'aiguillages rétifs. Au loin, une campagne à peine bossue, dévoyée par des espaces impénétrables, avec de la futaie et des champs en forme de calicots aux couleurs éteintes dans les tons agricoles.

En face et à droite du génial contrefait, grand nain ou petit géant, au choix, un bellâtre gominé aux allures de garçon coiffeur hâbleur, péremptoire, aux idées à toute première vue moins longues que ses cheveux. Et eux, pas plus hauts que les poils d'une brosse à dents. Et même plutôt moins. Bref, certainement un busard de commercial à peine décongelé des cuisses de sa génitrice avec tout son patrimoine culturel dans sa canne de golf et dans sa voiture de frimeur de banlieue !

Ce mal cortiqué, aux bourrelets cérébraux peu encombrants, le baudet idéal pour une nunuche cosmétiquée et plus superficielle qu'une plaie suppurante sur un corps d'autruche !

Et lui, manifestement agacé par les propos du contrefait. Alors, d'une voix oblique et suffisante :

– Pas très crédible la pseudo-philosophie de ce Monsieur ! Enfin, de ce Monsieur… Plutôt de cet homme des bois avec son système pileux très éloquent, impropre à l'embauche !

À ce moment précis, l'intello supposé, vrai ou faux, sans importance, le regard habité. Habité, oui, mais par quoi ? Mystère et crotte de chien ! Peut-être par un immense rien du tout en forme de minuscule petit quelque chose ! Comme toujours, l'inévitable clavier des illusions ! Vaste programme pour des symphonies à jamais impénétrables ! Simplement une demi-calvitie avec un embryon de regard effleuré par un lointain reflet de luminescence, vacataire dans la grande banlieue de son esprit !

Quelle aubaine dans ce train de nulle part lourdement lesté en désespérante humanité !

Et en plus, le mec, des esgourdes démesurées en forme de soucoupes à cacahuètes posées sur une table basse, très basse, comme chez les tout petits bourgeois, avant la mangeaille. Pour les pratiquants de la théorie implicite de la personnalité, du garanti croisade pour la gamberge. En effet, pour la première dinde de piètre basse-cour, comme pour le premier crétinus décervelé de passage, un mec comme ça, à coup sûr un prix Nobel en quelque chose, au moins un brillantissime polytechnicien !

Bref, une tronche !

Donc, cet énigmatique voyageur un tantinet maniéré, en guise de réponse au bellâtre :

– Inacceptables, vos propos, cher Monsieur ! Courte vue sur les choses et sur les êtres ! Car la lumière intérieure foncièrement plus riche que les ténèbres dissimulées sous un costume de pure confection pour petits cadres emboutis dans le Système !

Et le train de nulle part, toutes roues crissantes en pleine immobilisation dans une gare au nom peut-être effacé par le caprice des saisons. L'arrivée pour certains ! Le départ pour d'autres ! Comme dans la vie, ma poule !

Décidément, dans ce train de nulle part, tous des gueules de faits divers, ou presque, y compris la gerce velue et boutonneuse vautrée sur un strapontin au bout du couloir, avec une mine aigre et jaunâtre de dame-pipi dans un chalet de nécessité !

Quelle coïncidence, quand même !

Si proche des tinettes débordantes aux moelleux relents pour réfractaires aux pulsions dégueulatoires ! Et de plus, cette mal dotée sur tout le tableau, la fente labiale mal rattrapée par un apprenti écorcheur de service ce jour-là ! Peut-être une hase ?

Quelle pestilentielle malchance !

Ici et là, pas mieux ! Que des cacateux et d'affreux petits cadres gominés au regard superficiel, certainement aux pieds propres et aux chaussettes dégriffées. Mais aussi quelques pelletées de mégères empâtées, peut-être gavées au pâté de chauves-souris scrofuleuses ou de mygales en grossesse ! Et, fin du fin, outre de l'insupportable marmaille, de la sauterelle sottement ricanante et de la bécasse encrétinisée plein pot ! Misère et chevaux de bois pour turfistes en déroute !!!

Et les haut-parleurs, en pénibles crachotements !

– Cinq minutes d'arrêt ! Cinq minutes d'arrêt !

Sorayades bêta

Juste après cette annonce à l'adresse de tous les voyageurs, le bellâtre hilare, le regard pesant sur une créature ratatinée, fripée, enfarinée et enduite de mysticisme, jusqu'alors silencieuse telle une nonne en arrêt devant l'inattendu spectacle d'un clébard, style porte-couteaux aux pattes Louis XV, en vaine tentative de masturbation sur la cheville gauche d'une mère supérieure !

Ah ! Ces chiens blasphémateurs ! Quand même !

– Et après ces cinq minutes d'arrêt ? Quelle autre surprise dans ce compartiment ? Peut-être l'envers de ce spectacle ? Un nécrophile comme le sergent François Bertrand en pleine besogne sur une morte déjà bien avancée ? Mais dans le fond, après ou avant, pour moi du kif-kif la bourrique ! Strictement aucune importance ! Et pour vous, Mademoiselle ?

Courtois, le bellâtre, avec la vieille fille pustuleuse aux tassements vertébraux bien accusés ! Du « Mademoiselle » long comme sa supposée queue !

– Après ? Quelle idée saugrenue ! Après, la vie ! Oui, la vie ! La vie tricotée avec les aiguilles de l'espoir et du cœur ! La vie sans mode d'emploi ! La vie par le grand angle !

– La vie ? Après tout, pourquoi pas chère Demoiselle ! Mais laquelle de vie ? Celle des nécessiteux ? Celle des nantis ? Celle des mécréants ? Celle des adorateurs d'un Dieu voyeur et grimaçant de plaisir, pendu derrière les rideaux d'un ciel en instance de divorce d'avec les grandes amourettes et les petites amours ? Alors, encore une fois : la vie, oui, d'accord, mais laquelle ?

– Celle des hommes libres, cher Monsieur !

– Voilà une réponse aussi abstraite qu'un arc-en-ciel effacé par le vent ! Car, de vous à moi, la liberté : une utopie à l'image d'un ricochet de songe sur un vivier d'espoir ! D'ailleurs, la devise républicaine Liberté - Égalité - Fraternité, de la poudre aux mirettes pour les étrangers, les faux culs en gants blancs et les idéalistes sans idéaux ! Pour moi, la devise d'un pays civilisé dans la mouvance : Tolérance - Solidarité – Partage !

– Oui, pleinement au diapason avec vous, mais le refus de l'idée de l'homme libre, une conception digne des grands aliénés dans leur cœur et à l'intérieur de leur tête !

– Et les barbelés de l'enfer, chère Demoiselle bâchée dans vos fumeuses théories ? Et les incarcérés, pour les plus nobles comme pour les plus méprisables raisons ? Peut-être libres dans leur cœur et à l'intérieur de leur tête, mais en cage malgré tout ! Et, à jamais comme à toujours, derrière les hauts murs et les portes blindées les plus infranchissables, un peu à l'image de votre dialectique aux relents de piété cabossée, faisandée, distordue ?

Finalement, pas si mal que ça le bellâtre dans son discours un peu tire-bouchonné ! Pas un oiseau de haut vol, certes, mais un faucon (faux con) malgré tout !

– La liberté, pour moi, sur le plan symbolique uniquement ! Donc sur celui de l'essentiel ! Car le ciel, toujours le ciel ! La liberté, pas au sens profane, comme celle d'une personne à l'intérieur d'une prison ! Car, à votre avis, cher Monsieur, entre un aliéné dans les labyrinthes de son cerveau, lui, en prétendue liberté, et un incarcéré, derrière les barreaux de la réalité, mais libre dans son cœur et dans son âme : votre préférence ? Sincèrement, humainement, affectivement, psychologiquement ?

Pas si demeurée mentale qu'à première vue, la vieille fille au chalazion agressif et rougi par des tripotages intempestifs et peu recommandables ! Après tout, peut-être une personne vraie ? Une rareté en quelque sorte ! Une religieuse d'un ordre laïc, ou tout simplement une authentique sœur en escapade d'un couvent, ou en rupture de cornettes ? Ou encore une grande égarée, comme beaucoup de femelles, bien souvent, sevrées en coups de reins ! Or, celles-là, parfois mères porteuses d'idées trop volumineuses pour des cerveaux de bien plus modeste capacité, de trop petite contenance en quelque sorte ! Bref, des pathologiquement dévissées du ciboulot, des initiées évadées d'un cabinet de réflexion, des douloureusement mystiques, dramatiquement égarées sur les chemins de la réalité terrestre !

. ·Ces oies, d'une blancheur approximative, tout sauf des poètes ! Car les poètes, ces prophètes, ces voyants, ces hallucinés, d'abord et avant tout des témoins ! Parfois, des témoins de leur séisme intérieur, parfois de l'infime tremblement des palpitations de l'univers, parfois de drames à portée de cœur ! Des baroudeurs de l'ombre en souffrance ! Des ébréchés par la vie ! Des insurgés majuscules ! Des pestiférés non encore contaminés pas des puces de rats ! Et pourtant, des gaspards à foison autour d'eux !

Oui, voilà bien de paradoxales considérations pour un crétin embaumé dans l'ordinaire, dépoétisé à mort et frimeur devant des ânes plus cons que lui, ou pour une gourde, parfois même salonnarde (aucune incompatibilité), hermétiquement fermée à la chose poétique, mais plus apte à des épanchements de midinette gavée de feuilletonesques mièvreries de la presse du cœur qu'à la lecture d'un recueil de Rimbaud, d'Apollinaire, de Desnos ou de Max Jacob, par exemple !

Mais les poètes aux vers à fleur de tripes, jamais des rêveurs ! Mort à cette vision hérétique et trop facile, émise par les ennemis tenaces de la sensibilité poétique ! Car un poète, toujours et avant tout, un porteur de témoignages et jamais un faux témoin ! Donc, et une fois pour toutes, un poète : l'absolu contraire d'un rêveur ; plutôt un boxeur de l'ombre en permanent corps à corps avec lui-même sur un ring obscur avec des spectateurs absents et bien trop indifférents à ses blessures viscérales, à ses cris rauques, à son orchestre intérieur !

Oui, drôle de chose qu'un poète vrai ! Une sorte d'infirme des autres ! Un poète, et non un faiseur de vers, un rimailleur arracheur de larmes pour pucelles ou rombières assoupies dans le marécage d'un vocabulaire chatoyant et convenable, sans un mot plus décalé que l'autre ! Mais, finalement, plutôt un exécrable poétereau, un agent de la poétaille, un paon de jeux floraux, qu'un assassin de piètre talent !

Et le bellâtre, en guise de réponse à la filandreuse vieille fille, guère plus cristallin que tout à l'heure dans sa répartie :

– Grandiose, chère Demoiselle ! Et sans flagornerie aucune ! Mais pour moi, toutes vos théories abrasives pour l'homme révolté, pour l'homme dépossédé, pour l'homme humilié ! Dans la vie concrète et bien équarrie, le milieu carcéral, une souffrance lancinante, une invitation au vertige des profondeurs, à la rupture entre soi et soi. Donc, votre vision de la liberté sur le plan symbolique, pour moi, ancien taulard, fils de taulard, petit-fils de taulard, et peut-être même futur nouveau taulard, surtout face à votre catéchisme, très franchement, pas ma forme de sensibilité ! Une hérésie en terme un peu choisi, mais du fond du plus profond de mon cœur : de la connerie ! Oui, de la connerie inondée de relents mystico-religieux ! En tout cas, très peu pour moi chère Demoiselle ! Merci !

Et moi, un tantinet électrocuté, décâblé de moi-même, par le discours acceptable de ce mulet devenu, par un effet de miroir, presque plus intelligent que dans la réalité face à cette demoiselle claustrée dans son système de pensées. Surprise !

Mais elle, dans une réponse affûtée sur la meule la plus perfide de l'inattendu :

– Homme de la basse matérialité des choses ! Homme du bas astral ! Homme dépourvu de voie intérieure ! Homme de souffrance ! Adieu ! À chacun sa croisière ! À chacun son temple intérieur ! Et dans ce domaine, aucune vérité plus acceptable que celle de l'autre ! Donc, adieu sur votre goélette de parade frappée du pavillon de tous les blasphèmes réunis ! Et encore une fois, merveilleuse croisière avec le compas et le sextant de votre choix pour le point en vous !

– Oui, adieu la sorcière ! Et merci de vos bienveillants conseils sectaires, inutiles et très peu convaincants pour un mécréant de mon espèce !

Quant au train de nulle part, en pleine prise de vitesse vers une mystérieuse ou improbable destination à travers la campagne déhanchée, pelée, ondulée et trop bien coiffée des Sorayades.

Mais quelle qualité de lumière !

Donc, dans ce compartiment, entre la grognasse ruisselante de vulgarité et son baudet du même acabit, la génitrice au moutard eczémateux, le gros plein de soupe violacé, le contrefait exemplaire, le demi-chauve austère comme un hanneton végétarien, le bellâtre verbeux et la sorcière allumée, à l'évidence aucune place pour moi !

En fait, pas du tout mon aquarium ! D'ailleurs, à peine un pied ici que déjà le haut le cœur.

Alors, plutôt qu'une insupportable et longue morosité, autant une désertion courtoise.

– Pardon Messieurs Dames, une simple erreur de compartiment ! Avec toutes mes excuses ! Bon voyage ! Très bon voyage ! Et encore pardon…

Sorayades gamma

Autant le choix d'une autre voiture ! Car, par exemple, dans le couloir ou à la sortie des toilettes, la simple vision de l'une de ces créatures de l'anti-rêve, pour moi pire qu'un mauvais film d'épouvante, avec l'art en moins ! En tragiquement moins ! En effet, l'hypothèse d'un nez-à-nez avec l'un de ces voyageurs, la crise de panique garantie ! La montée d'adrénaline, le pincement aux coronaires, la chute du glucose ! Rien de mieux pour un spasmophile claustrophobe !

Donc, pas de fausse compassion, pas d'humanisme bêta et ventre mou ! Le sentiment répulsif plus fort que soi, une véritable punition ! Le tout au cimetière des éléphants !

Car, entre nous, la hideur pathologiquement insupportable, la sottise suffisante et la vulgarité ruisselante, aucune obligation sur le tableau des prescriptions majeures ! Surtout, pas de confusion entre la sensibilité, avec tous ses ingrédients sur l'estrade du merveilleux, et la sensiblerie pleurnicharde ! Elle, dans la poubelle avec les vieux pansements et autres résidus d'hôpitaux ! Même dans le coffre-fort intime, une place pour chaque chose sans le moindre mélange des genres ! Sans quoi, à plus ou moins long terme, l'explosion ! Le boum patatras ! Alors, entre le pouvoir émotionnel, parfois âpre et rugueux, et les sanglots d'une inconsolable, d'une vierge mentale, face à un crépuscule rosâtre, de votre point de vue, à qui la priorité ?

Donc, parfait ! Consensus pleine toile ! Dans ma logique, pas une minute de plus ici.

Direction la voiture 13 !

Le chiffre de la renaissance, du moins au tarot et dans certaines traditions !

Dans le premier compartiment de cette voiture 13, une femme seule. Chose rare, très rare même ! En fait, le résultat d'une poignante solitude, cette redoutable infirmité trop mal connue et toujours sous-estimée ! Cette créature, d'une généreuse laideur, ridée telle une crapaude de la douzième génération, ou encore comme un parchemin exhumé d'une boîte à ordures d'une autre époque ! Diantre ! La frappante ressemblance avec une très vieille guenon, encore plus vieille que son âge ! En peignoir maculé de taches excrémentielles et, un peu en guise de rappel, en bigoudis marron ! Bref, une invitation immédiate à la pulsion vomitive ! De plus, comble de l'inélégance, tartinée d'une crème onctueuse ! Peut-être du beurre de cacahuète, ou du savon noir coupé avec de l'eau de javel ? Des lèvres hors d'usage, patinées, élimées, distordues, peut-être, en d'autres temps, donneuses de plaisir, mais dans le rétroviseur ! Des boules de coton jaunâtre dans les oreilles, cette goudronnée de tous les orifices, une pièce de choix pour le musée Grévin, trop fine bouche, d'ailleurs, pour une anonyme cueillie sur le talus de la coïncidence dans ce train de nulle part ! Rien de bandatoire, strictement rien ! Pas même ses rares queues de souris d'un blanchâtre jauni, pincées dans des rouleaux hors d'usage !

Donc, pour moi, pas un pli, une intention subite de demi-tour pour une tentative d'incursion dans un autre compartiment.

Quelle attitude indigne de ma part !

Malheureusement, déjà trop tard ! En effet, me voilà cloué tel un chat noir sur une porte de grange par le regard rapace du vieil oiseau au plumage défunt. Car de sa voix chevrotante, déjà à la godille sur le Styx, une sorte de supplique :

– Jeune homme, gueule d'amour, un brin de causette avec une ancêtre aux maris sous terre, aux amants sous terre, aux amis sous terre, à ses collègues de travail sous terre, à ses médecins, du temps des dix premières décennies de sa vie, sous terre, à ses bons voisins de toujours sous terre, aux familiers de son quartier, sous terre ! Oui, jeune homme, gueule d'amour, dans mon carnet d'adresses, que des morts ! Simplement que des morts ! Pour moi, depuis longtemps, terminées les fêtes, les réceptions et les invitations ! Adieu les flonflons et les flonflonnettes ! Adieu les anniversaires, les noëls, tout le bataclan et autres singeries. Toutes ces convenances sociales, culturelles ou religieuses, dans la benne à ordures des souvenirs même plus à vif dans ma mémoire ébréchée. Oui, adieu les vaines et grimacières attitudes ! Arrivée en queue de vie, et déjà les deux pieds dans l'ailleurs, quelle hécatombe ! Une fin de spectacle d'une insoupçonnable solitude ! Pour moi, encore assise sur un strapontin dans une immense salle vide, chaque jour, rigoureusement chaque jour. Car, aujourd'hui comme hier, et hier un jour aussi ordinaire que le précédent ! Alors, jeune homme, gueule d'amour, entre deux gares, un brin de causette avec une repoussante créature déjà plus du spectacle de ce monde !

Poignante confession ! L'envers du miroir pourtant ouvert sur la réflexion !

Mais jamais de clochers assez hauts pour l'effacement d'une telle solitude ! Jamais non plus d'autres lieux de culte enduits, eux aussi, aux couleurs de l'espérance !

Face à cette tombée de rideau, quelle mascarade que ces promesses descendues d'un ciel approximatif ! Simplement, une déchéance humaine avec à peine suffisamment de place pour un point d'interrogation !

Face à ce cri rauque d'une objective désespérance, quel magistral pied de nez lancé aux farauds, aux naïfs, aux envoûtés par une certitude religieuse ou philosophique, et à tous les détenteurs de vérités !

Tralala la queue du chat !

Quel réconfort que cette petite voix grinçante, desséchée, recrachée par la vie et déjà bien attelée aux timons de la mort !

Alors, et pour le coup, basta mon égoïste demi-tour pour une place ailleurs, la tête dans le sac ! Pourquoi pas une escale ici ?

Et déjà une marque de reconnaissance :

– Merci jeune homme, gueule d'amour, d'un tel don de vos précieux instants ! Car pour moi, aujourd'hui, dans cette vie détricotée, plus rien derrière, plus rien devant. Plus de passé, plus de futur ! Donc, une seule issue, le présent absolu !

– Quelle vision pessimiste du monde, chère Madame !

– Nullement ! Simplement l'inextinguible et fracassante réalité dépouillée de tous ses oripeaux ! Car, le présent absolu, rien de plus flexible ! Un livre sans verbe en quelque sorte…

– Un livre sans verbe ? Quel défi ! Quelle prouesse ! Quel acte de terrorisme intellectuel pour la littérature soporifique de ces derniers siècles ! Madame, grande prêtresse de la décolonisation de l'écriture sous le joug du verbe ! Madame, grande visionnaire, grande initiée, pour d'aucuns : grande hallucinée ! Pleinement d'accord avec vous ! Mort au verbe dictateur ! Mort au verbe réducteur ! Mort au verbe colonisateur de nos textes de toujours ! Pourquoi le verbe, ce négrier de l'écriture, cravache en main, pour le moindre poème, pour le texte littéraire le plus insignifiant, oui, pourquoi ? Pire qu'une honte, une prise d'otage permise par la République des Lettres ! Avec vous, et grâce à vous, terminée la loi du bâton, celle du fouet, celle de l'humiliation pratiquée par le verbe ! Terminée la maison de maître pour le verbe et la case pour le reste de l'écriture tripale, poétique ! Terminée l'estrade pour le verbe et la niche pour toutes les forces vives de l'écriture enchaînée ! Terminé l'impérialisme du verbe ! Alors, Madame, confession pour confession, me voilà votre disciple !

– Jeune homme, gueule d'amour, à vous et à vous seul ce maigre héritage dans ce train de nulle part, sur cet itinéraire de la coïncidence.

Sitôt ces mots prononcés que déjà, dans un affaissement discret et néanmoins significatif de la fin d'une étape, l'irrémédiable chute, entre les deux banquettes, de ce personnage un tantinet shakespearien.

Et moi, à peine désemparé, en guise d'oraison spontanée, le corps de cette étincelle, plus persistante que l'immense majorité de ses contemporains, encore chaud :

– Gloire à vous, femme de cendre consumée par la vie jusqu'aux frontières de la désagrégation organique et légitime des choses ! Et pour vous, pour les ricochets de votre belle âme sur le vivier des vivants, le plus prestigieux monument de chez les torsadeurs d'arcs-en-ciel, avec des répliques sculpturales ici et là, pour le renouveau du patrimoine nécropolitain d'en haut !

Et le contrôleur, officier rapporteur des destinées en marche de ce train de nulle part, de passage, juste au même moment :

– Enfin ! Un compartiment de libre pour d'autres voyageurs !

Quelle cruelle indifférence, indigne du métier d'homme ! Quel manque d'affect ! Quel goujat que ce fonctionnaire aux allures de sous-clebs mordeur !

Alors, outré par un tel propos, de ma part une réponse un peu sotte et non réfléchie ! Mais largement suffisante pour un homme d'appareil !

– Quand même, Monsieur le contrôleur ! Quand même ! Un peu moins de dilettantisme et d'impassibilité face à la grande déchirure, et un peu plus de respect ! Car pour vous, laquais de l'État avant tout, l'intelligence du cœur un mythe, une incongruité, un sentiment auxiliaire, voire hérétique !

– Du calme avec vos grands mots et vos idées courtes ! Espèce de camé de l'éducation bourgeoise, hypocrite et perverse ! Car, face à la mort, des pleurnicheries, des simagrées à la sauce judéo-chrétienne, ou pagano-chrétienne, tout ça, pour moi, du pipeau ! Aucune différence avec des blasphèmes, des libations, des fêtes nécro-érotiques ou un simple haussement d'épaules ! La mort, un spectacle différent pour chacun de nous ! Un passage pour les uns ! Une fin pour les autres ! Alors, du respect pour cette dame ou pour une belette, pour moi du pareil au même ! Mais du respect pour la mort, oui, là d'accord ! Car pour la mort, notre gouvernante à tous, la plus vieille Dame du monde, pour elle seule un grand coup de chapeau !

– Merci de la leçon Monsieur le contrôleur ! À chacun son chemin de vérité ! Mais salut à vous, femme de cendre, grande prêtresse du présent absolu !

Le cœur en berne lors du déchargement, sur le quai de la première gare venue, du corps de la Dame de cendre, immédiatement installé dans un cercueil ordinaire, gueule ouverte, posé sur des tréteaux. Après cette mise en bière à la hâte, tout aussitôt un drap noir par-dessus !

La gare, assez rudimentaire, foncièrement décharnée dans un cadre osseux, sans âme, mais bien utile quand même pour la morte du train de nulle part.

Et puis, comme toujours, comme dans la vie, l'arrivée pour certains ! Le départ pour d'autres !

Comme dans la vie ma poule !

Et toujours la même rengaine, par des haut-parleurs affamés d'existence, même par une voix asthmatique.

Et les haut-parleurs, en pénibles crachotements :

– Cinq minutes d'arrêt ! Cinq minutes d'arrêt !

Sorayades delta

Et tous ces voyageurs du train de nulle part, tous ces accrochés à la vie par les pinces à linge de l'aléatoire, mais tous, dans leurs différences, toujours guillerets au moment de l'ébranlement des wagons. Car, dans leur tête de vivants posthumes, le même sens de la victoire sur la mort : et une gare de plus, une !

Me voilà maintenant dans le compartiment suivant, juste après celui de la Dame de cendre défunte presque dans mes bras.

Ici, une oie et simplement deux joueurs d'échecs, face à face.

Avec, sur leurs genoux, non point une mesquine réplique d'échiquier, de ces jeux de voyage souvent récupérés en promotion dans un bazar, car de franche pacotille, pour sous-amateurs, pour mômes ignares en matière échiquéenne ou pour esbroufeurs, de la race des nouveaux petits cadres, avec de faux cavaliers dans la tête et des tours dans leur plumard !

Non, de l'authentique !

Un grand échiquier de professionnel, sobre et réglementaire, avec de vraies pièces plombées dotées, sous chacune d'elles, d'une rondelle de feutrine. Car les échiquiers tarabiscotés avec leurs deux armées dorées, argentées ou en d'autres matériaux, de la frime ! Uniquement de la frime pour la fortement détestable et misérable petite bourgeoisie péteuse plus haut que son cul ! Du décorum d'un admirable mauvais goût, et, de plus, toujours des nids à poussière pour mémères ! Donc, des objets inutilisables pour les échéphiles conséquents ! Bref, du toc tant raffolé par les parvenus aux ambitions placées assez haut dans la hiérarchie de la connerie maximale ! Tous gens d'apparence et de faux savoir, renégats de leur basique condition, bâtards de nos sociétés paillassonnières, bouseux, hier encore, et aujourd'hui faux bourgeois, faux aristocrates et faux prolétaires. Quel fléau que cette engeance de petits chefs, de sous-chefs, de crétins mirobolants imbus de leur minuscule pouvoir temporel !

Évidemment, silence absolu dans ce compartiment à portière tirée.

Les joueurs, des trombines pour le moins contrastées ! Celui avec les blancs, la tronche et la dégaine du bohème de toujours. Une ficelle nouée autour du ventre comme ceinture d'infortune pour un futal en accordéon style Andersen von Schlumbach de chez Andersen von Schlumbach ! Les dents jaunes du vieux cheval de retour, le teint gris des personnes déjà très envahies par une pathologie plus ou moins murmurante que ce rasé avec une pelle à tarte ! Le visage furonculeux avec plusieurs anthrax verdâtres, mais en voie de mûrissement, dans son cou sans imagination. Les doigts saucissonneux et cacateux par la nicotine, des culs de cendrier en guise de verres de lunettes dans une monture en bakélite, mauvaise imitation écaille ! Côté toison, bien servi le mec ! Même un peu gênant pour le franchissement d'une porte ! Style Louis XIV avant le passage chez le figaro, mais avec, en signe de suprême distinction, comme des miettes de millefeuille dans les tifs. En fait, des croûtes desséchées, brunâtres ou couleur paille. Rien de bandatoire, même pour une morue goitreuse !

L'autre, celui au jeu noir, son absolu contraire ! Une sorte d'aigle martial trop bien lissé. Le morphotype même du cadre arriviste, de l'écraseur de subalternes, de la tête à gifles.

À côté de lui, une bécassine hautaine avec, visiblement, rien dans le chou et tout dans la parfumaille, et peut-être ailleurs !

Captivante partie pour illusoire victoire ! Cliquetis et virevoltement des pièces. Poussée du pion f2 en f4. Gambit du roi ! Pourquoi pas ?

Réfuté de longue date, certes, mais pour une mazette, jamais inutile !

Danse macabre ! Grand roque !

Un cavalier présomptueux cloué par un fou intrépide. Échange Reine blanche -Tour noire, donc qualité pour les noirs.

Concentration extrême des deux joueurs. Incessant basculement des situations. Stratégie affinée au fur et à mesure de la tombée des pièces maîtresses sur l'échiquier.

– Pat !

Et le pousseur de bois des blancs au futal en accordéon, style Andersen von Schlumbach de chez Andersen von Schlumbach, carminé jusqu'aux portugaises, pas peu fier d'une telle issue, honorable pour, à première vue, un perdant potentiel.

Et avec, toujours dans les labyrinthes de mon cerveau, les derniers mots de la Dame de cendre !

Toutefois, à ces deux joueurs d'échecs, en guise de justification de ma présence dans ce compartiment, moi, la pièce rapportée :

– Félicitations, Messieurs, à l'un comme à l'autre. En ma qualité de spectateur et d'observateur de ce tournoi symbolique, bravo à tous les deux. Bravo pour les blancs ! Et bravo pour les noirs !

Et celui considéré par moi, au tout premier abord, comme un cadre arriviste, le front perlé :

– Cher voyageur anonyme de ce train de nulle part, les échecs : une école de respect, de conscience de ses propres limites, de non sous-estimation de l'autre. Oui, Monsieur, les échecs une école d'humilité, mais aussi une mise à mort initiatique, une épreuve en quelque sorte ! Un jeu imbibé d'une haute portée symbolique avec une lecture toujours possible d'un pavé mosaïque improvisé ! Mais ça, cher Monsieur… Oui, mais ça, autre chose…

Et moi, complètement bluffé par la profondeur à différents niveaux et par la baroquie de tels propos, en guise de réponse :

– Les échecs, oui, le combat des ténèbres et de la lumière, comme, par exemple, dans *Le Septième sceau* d'Ingmar Bergman, avec Eros et Thanatos dans le même lit !

Alors, le pousseur de bois des blancs au futal en accordéon style Andersen von Schlumbach de chez Andersen von Schlumbach :

– Captivant et sidéral, cher Monsieur, votre état de cécité sur les chemins initiatiques de la banlieue de votre quête intérieure. Malheureusement, nous voilà à destination. Donc, par la force des choses, un terme à cette conversation à peine amorcée. Mais, avant notre descente, un tout dernier mot, ou plus exactement un modeste conseil. Pour un profane avec le trait, donc avec les blancs et le commencement de la partie pour lui, le premier coup e2-e4, toujours e2-e4 ! Après, à vous la progression la plus appropriée sur les voies de tous les possibles de l'échiquier, mais jamais aucune poussée de pion au-dessus de votre grade !

En effet, déjà une autre gare, veuve de son nom. Aucune importance ! Car comme toujours, comme dans la vie, l'arrivée pour certains ! Le départ pour d'autres !

Comme dans la vie, ma poule !

Et les haut-parleurs en pénibles crachotements :

– Deux minutes d'arrêt ! Deux minutes d'arrêt !

Et sitôt le train de nulle part immobilisé sur le quai que déjà le départ, avec sa cargaison de nouveaux petits morts potentiels tandis que des cercueils, peu nombreux et, comme d'habitude, gueule ouverte, en témoignage de foncière hospitalité à l'égard des nouveaux trépassés descendus ici plutôt qu'ailleurs car pas d'autre choix avec la tombée de l'as de pique sur le tapis vert de leur vie exténuée !

Sorayades epsilon

Maintenant, de nouveau à travers les Sorayades avec une prise de vitesse de plus en plus angoissante.

Pour la curiosité, mais uniquement pour la curiosité, une pause admirative et appuyée devant un compartiment aux voyageurs encore différents des autres !

En effet, assis sur la banquette de droite, un mastodonte de cabot. Pas du tout le clebs à mémère un peu nostalgique, devenu culturellement vicieux et adepte de la descente au minet ! Non, lui, un bas-rouge de race véritable, plus connu sous le nom de beauceron, avec ses ergots.

Sa maîtresse, une grande tige d'une honorable saleté corporelle. Des poches d'un bleu-noir couleur acier-trempé, boursouflées, sous des yeux pathologiquement inexpressifs. Des cheveux, oui, mais plus exactement une coulée de chanvre caramélisée, agrémentée de poisse et de poussière. Placardée sur le visage, l'expression même de la dépossédée hystéroïde, comme beaucoup elle aussi, mais dans un autre genre ! Car elle, la protestataire silicotique, la revancharde mal récurée, la fiente même de notre société !

Bref, l'insupportable et terrorisante incarnation du désastre et du naufrage d'une humanité arrivée à bout de souffle !

Une tête non programmée pour le bonheur et enduite par tous les reflets d'une malédiction enkystée dans l'inextinguible fatalité hurlante et bêlante de ce bas monde. Mais également une contaminée par les deux virus mentaux les plus redoutables : le mauvais esprit revanchard mâtiné d'une inconséquence à la sauce politicailleuse, et l'agressivité poissarde et gratuite coutumière chez les sangsues du Système.

Bref, une créature d'anti-rêve !

Mais le chien, quelle belle bête !…

Vautrée, emblue-jeanée à la dégueulasse, un pull rosâtre plus ou moins démaillé avec de larges et anciennes traces de vocabulaire culinaire, une cibiche l'une après l'autre entre ses doigts parkinsoniens, la griffe recourbée et cernée de noir.

Bref et re-bref, la femme repoussoir par excellence !

Mais le chien, quelle belle bête !

Soudain, l'événement ! La fracture ! L'escalade !

En effet, une maniérée de première bourre, style vieille carne chevrotante, gaufre à la voilette sur la tronche, tailleur gris et strict avec, sur le revers de la veste, un clip doré de la taille d'un jeton poussé sur une table de casino ! Peut-être une veuve de haut gradé militaire, joueuse, à ses temps perdus, d'harmonium dans les fêtes de charité.

À l'évidence, pour l'emblue-jeanée post-soixante-huitarde, une imbuvable ! Pire : de la sale race de bourgeoise avec, le plus tôt possible, la tête au bout d'une pique ! Donc, la pulsion assassine immédiate ! Une simple question de principe ! Et au rasoir de préférence, ou au cutter à la limite !

À peine une tentative d'incursion dans ce compartiment partiellement canin que la gorgone chapeautée, l'écœurement ostentatoire sur sa tronche ravinée, avec un pas de recul fort significatif. Pour elle, quelle horrifiant spectacle que cet énorme toutou et que cette créature doctement négligée ! Alors, de sa voix de crécelle émaillée de hoquets de chochotte :

– Quelle horreur ! Quelle horrible chose ! Dans un compartiment comme celui-là, une souillon dépenaillée et un chien mordeur ! Invraisemblable quand même ! Inadmissible ! Honteux ! D'autant plus honteux dans ce train de nulle part !

Alors, instantanément, en guise de réponse, la maîtresse du bas-rouge dans son registre le plus choisi :

– Pas contente la vioque passée à la friteuse ! Sale bourge ! Fumeuse d'eucalyptus ! Mal baisée ! Même mon bas-rouge, avec tes hémorroïdes et ta chatte cramoisie, aucune chance ! Alors, ailleurs ! Et vite ! Très vite ! Sans quoi une tête, et la bitte de mon chien en prime !

Un bel exemple d'incompatible télescopage des genres entre deux créatures aux antipodes, avec une sans manière excessive et une grande précieuse. Un choc frontal prévisible entre ces deux grenouilles d'un vivier différent, mais aussi vaseux l'un que l'autre ! En fait, le télescopage entre l'éducation bourgeoise trop précieuse, trop rigide, trop politiquement marquée, et tout le laxisme cradingue d'une revancharde plénipotentiaire aux relents de goémon, digne représentante d'une fraction du genre humain à la dérive car sans mesure, sans repère, sans respect de soi, donc sans respect de l'autre !

Pendant ce temps, dans le compartiment d'après classé "sanitaire", l'un des trois cent douze médecins-chefs de ce train de nulle part de passage devant un malade en voie de rétablissement. Ce dernier, bien que non moribond, allongé et bordé d'une couverture aux couleurs des électrodes de la réanimation, avec des rectangles jaunes, verts, blancs, rouges et noirs.

Quelle polychromie !

Le médecin-chef de vacation, dans cette aile du train, une femme du type nerveux au diagnostic péremptoire et aux cheveux courts, certainement en provenance des Sorayades, en pleine interrogation de son malade :

– Pas de problème de mastication ?

– Non docteur !

– Pas de déglutition ou de fausse route après un aliment ou une boisson ?

– Non docteur !

– Pas de photophobie ?

– Non docteur ! Mais, par simple curiosité, quel rapport avec ma pathologie ?

– Aucun, strictement aucun ! Mais, moi aussi, par simple curiosité !

– Quel soulagement ! Parce que la photophobie, l'éblouissante photophobie, à ma connaissance dans le boîtier ophtalmique avec parfois, sur l'océan déchaîné du cerveau, une corne de brume en guise d'avertissement d'une méningite !

– Bravo ! Un peu toubib sur les bords ?

– Non ! Simplement apôtre de la santé, et surtout pas de la prison ! Mais néanmoins carabin pour les copains et carabine pour les copines !

– Et maintenant, pas de diplopie ?

– Non docteur !

– Pas de douleurs musculaires ?

– Non docteur !

– Pas d'essoufflement ?

– Non docteur !

– Pas de sensation d'étouffement ?

– Non docteur !

– Mais alors, mon petit myasthénique, rien, vraiment rien ?

Et le malade, ému par tant de gracieuseté de la part de cette superbe écuyère toujours bien à cheval sur le contrôle de l'état stationnaire, de la forme évolutive ou régressive de sa maladie :

– Oh que si, docteur ! Mais quelque chose de bien particulier, de si particulier que la crainte pour moi d'un transfert immédiat dans un wagon carcéral hautement psychiatrique !

– Non ! Pas avec moi ! Ma parole ! La confiance l'un dans l'autre, dans un rapport de franchise malade-médecin, médecin-malade, un pacte de complicité mutuelle ! Alors ?

– Docteur, que de troubles suscités dans mon esprit, et même plus bas, par vos propos aphrodisiaques avec des termes comme « l'un dans l'autre », comme « un rapport », comme « complicité » ! Le tout dans la même phrase ! Félicitations pour votre champ lexical ! D'ailleurs, gagné : me voilà déjà en érection !

– Ignoble myasthénique ! Un minimum de respect pour votre médecin, sans quoi une triple dose d'un médicament au bromure !

Et elle, devenue furibonde, le propos soudainement étarqué telle une voile, dans un appel frappé aux couleurs de l'autorité la plus médicale :

– Infirmier ! Infirmier ! Pour ce patient, que de la verveine et du tilleul comme boisson, pendant trois mois !

Et l'infirmier-chien, blouse blanche et muselière, en plein acquiescement ! De toutes manières, le contraire pas possible !

Alors, la femme médecin, à nouveau d'une voix chatoyante à son patient :

– Alors, cher petit fripon, ce quelque chose de si particulier, de vous à moi, quoi ?

– Docteur, comme des odeurs canines, des effluves en quelque sorte, et par vagues, mais d'une façon intermittente ! Peut-être de ma part un mirage nasal ? Ou un mirage naval, pour moi, un ancien de la narine ! Peut-être bientôt des visions de déserts, de chevaux, de dunes, de chameaux, d'oasis, le tout dans les Sorayades, quelle coïncidence !

– Rien de pathologique dans tout ça ! Le simple effet d'une réalité incisive pour vous, mais canine pour l'ensemble des voyageurs !

– Une réalité ? Mais, docteur, de quel type de réalité ? Une réalité abstraite et onirique ou une réalité identifiable, attestée par des faits, une réalité objective et par vous certifiée ?

– Un peu de calme ! Attention à vos anticorps à la grimpette ! Rien que de plus normal que vos impressions. Car, quelques compartiments avant le vôtre, une femme, professeur à l'École vétérinaire, accompagnée d'un énorme bas-rouge surdoué !

– Un bas-rouge ? Quelle punition pour les autres voyageurs ! Et certainement très méchant de surcroît, le gros toutou ?

– Peut-être ! Mais ce chien-là, quelle belle bête ! Toutefois, pas une excuse suffisante pour un gommage en règle de la fin de ma visite ! En conséquence, quelques tests, simplement quelques tests de routine. Rien de méchant ! Position assise, les bras tendus devant vous pendant 150 secondes ; après, sur le dos, les jambes levées et les genoux presque recroquevillés sur le ventre, pendant

75 secondes ; ensuite, et, comme dernier test, allongé sur le dos et, sans l'aide des mains, passage à la position assise ! Quant au bas-rouge d'à côté, encore une fois, quelle belle bête !

Pour moi, jadis baroudeur du 33, mais de l'Ordre médical seulement, quel enrichissement que cet examen de contrôle sur les fluctuants caprices des neuro-transmetteurs !

Et le train de nulle part, dans sa course de plus en plus oppressante pour le voyageur en potentielle et probable voie de désincarnation, déjà au plus profond des Sorayades de l'effroi, du monde translucide et de toutes les magnificences permises par les caprices d'un accouplement d'événements rigoureusement absurdes !

Mais quel spectacle sous ce ciel d'aurore aux accents pastels avec, en arrière-plan, une dominante ocre comme un vieux jaune d'œuf sali ! Cette échappée, cap aux chimères océanes dans le sens thalassique et aux lointains ailleurs, digne d'une bonne paire de parenthèses ! En quelque sorte, la double vie sur tapis vert ! Un baccara de l'amour pour apparatchik de la liberté. Sur les rails du présent absolu, à jamais et à toujours, quelle aventure unique ! Oui, une aventure majeure face au mimétisme d'une écriture apprise et restituée depuis des temps et des temps !

Soudain, des aboiements enragés car, juste devant le compartiment du bas-rouge, un papillonné hautain, un authentique museau de tanche, raide comme un moulin à poivre, avec des bagages, mais sous les yeux ! Une sorte de bourricot de sous-préfecture sobrement bagué. De la connerie contagieuse sur la trogne !

Pas fou le cabot !

Car ce laquais du monde institutionnel aux allures fourbes, visiblement un couard, une sous-râclure de l'administration la plus bureaucratique ! Une engelure de couloirs de ministères ! Encore l'un de ces multiples bâtons merdeux à la solde du citoyen !

Donc, pour le bas-rouge, pas de pitié !

Un lascar comme lui, à la trappe ! Et avec, pardessus, suffisamment de fumier pour la renaissance des coquelicots ! D'ailleurs, à la vue du bas-rouge, de la part de cet épigone de l'anti-bravoure, un dédaigneux détournement de tête et un haussement d'épaules !

Un comportement humain inadmissible pour un clebs !

Dans le genre loi des séries, pour la gerbe, mais le vrai dégueulis spontané, bravo !

En effet, derrière cette tronche de cataplasme, toujours dans le couloir, une presque illusion de beauté approximative, avec tout dans le presque, sauf du côté du popotin ! Du cul en quelque sorte… Basse sur pattes, dodue, même des lèvres, hanchue jusqu'aux roberts, le regard disloqué, la caboche bien carrossée… Bref, une charpentée magistrale, redoutable pour les bidets en porcelaine fine ! Mais certainement pas une mauvaise fille ! D'ailleurs, de sa part, excellente réaction à la vue du bas-rouge !

– Oh ! Punaise ! Quel beau bestiau !

Et le bas-rouge, encore plus séduit par l'odeur dégagée que par la dialectique, avec un coup de queue, un clin d'œil et une pendaison de langue fort enviable en guise de reconnaissance complice. Quelle chance pour une délaissée, même par les étalons de dix-huitième zone !

Un bas-rouge dans son carnet d'adresses, après tout, pourquoi pas ? Du dernier chic ! Mieux que personne !

Et puis, entre nous, tout à fait entre nous, ce chien, quelle belle bête !

Sorayades zêta

Là-bas, à l'autre extrémité du couloir, une escouade de trois esclaffeuses et pouffeuses de rire en vulgaire déambulation. Rien de floral dans cette grappe en voie de moisissure, sinon du côté des fringues ! À première vue, une gloussante minaudière, une opulente grognasse ricaneuse programmée pour la sublime vulgarité et une grisette au faciès de grœnendael un peu vérolé ! Bien évidemment, rien de commun avec une danseuse de paso doble, pas plus d'ailleurs, et même encore moins, qu'avec le Don Juan de bas-rouge !

Soudain, une interférence !

À trois pas de moi, un rougeaud pustuleux presque apoplectique en provenance d'un immédiat compartiment. À l'évidence un lascar programmé pour la vie en abrégé. Peut-être un nécro-humaniste au service de la main d'œuvre funéraire ? Peut-être aussi un suicidaire passif sans vocation pour les actes irrémédiables ? Après tout, pour un pauvre blaireau comme lui, aucune surprise ! Car visiblement au régime à la charcutaille, à l'andouillette au petit-déjeuner, aux fromages bien gras et aux boissons exclusivement alcoolisées, sans la moindre goutte d'eau, sans jamais de légume et de fruit ! Régime à coup sûr plus plaisant, et plus sournois également, qu'un acte fort. Par exemple le canon d'un fusil de chasse dans le clapet ! Ou même qu'une corde de bonne qualité à une poutre de grange pour le saut de l'ange ! Oui, après tout, entre les deux la même chose, mais pas philosophiquement !

Ici, un simple candidat à la mort à la paresseuse, à la mort dans sa dérobade, non ponctuée par un éblouissement noir, subit et fracassant ! À chacun son choix ! Et lui, un infortuné comme beaucoup, mais notamment du côté de la cafetière !

Toutefois, une mise au point : rien d'un maudit que ce gros tas, d'un maudit au sens littéraire du terme ! En effet, aucune ressemblance, même approximative, même l'œil collé à de complaisantes jumelles, avec un Tristan Corbière, un Jules Laforgue, un Paul Verlaine, ou encore un Léon Deubel ! Et encore moins avec un Jacques Vaché, l'un des précurseurs de Dada, grand évadé de la planète à 20 ans par un trop d'opium.

Non, ce répugnant sanglier vraiment rien de commun avec ceux-là. Pas plus d'ailleurs qu'avec un suicidé exemplaire pétri d'un génie poétique de belle futaie comme Sadegh Hedayat, l'auteur de *La Chouette aveugle.* Ce poète de la fatalité, exilé à Paris, aujourd'hui sous une petite pyramide noire au Père-Lachaise, fleurie par tous les Iraniens de passage.

Bien évidemment, toutes ces étoiles filantes prématurément éteintes rien, mais strictement rien de commun avec le rougeaud face à moi, cette trogne d'abruti, certainement absent le jour de la distribution ! Beaucoup d'air, et par la bouche et par le derrière, hors ça, rien puissance rien ! Si ! Mais si ! Quelle méprise de ma part ! Un petit, un tout petit quelque chose malgré tout ! En effet, une aptitude réelle aux effets de vulgarité avec sa braguette ouverte aux rebords blanchâtres, son pantalon émaillé de vomissures, son ventre gonflé comme un cul de génisse, ses aisselles malodorantes à plusieurs mètres, et à la nage dans une chemise copieusement patinée par la crasse. Certainement pas un familier de la rue Christine : une adresse surcitaire de la norme vieille France !

Et entre ses mains boutonneuses, enrichies de plaques rougeâtres et croûtasseuses par endroits, un manuel, et bien différent de ceux conseillés pour les programmes scolaires ! Incroyable mais vrai : *Le Bréviaire de la turlutte* ! Quel titre ! Et cette œuvre majeure suivie des *Douze clés pour la fellation dans un confessionnal !*

Du soufre !

Sacrilège ! Blasphème ! Diantre !

Et le même rougeaud porteur, sous son bras droit, de *L'Art* et *la manière* de *l'usage du fouet pour les femmes en quête d'un orgasme !* Des œuvres contre-indiquées aux femelles crispées du ouistiti avec des principes tout petits, un peu à la manière de leurs orifices. D'ailleurs, une preuve flagrante :

– Quelle littérature, Monsieur ! Vous, au moins, pas de complexe ! Vos titres de noblesse : cochon, obsédé sexuel, exhibitionniste ! Beau palmarès pour un seul mâle ! Enfin, mâle… des doutes là-dessus !

Cette saillie, d'une voix caverneuse et rocailleuse, d'un ton grondeur, en immédiate provenance du four grimaçant d'une voyageuse sortie d'un compartiment à l'instant même du passage, dans le couloir, du gros porc flasque de partout et pour le moins peu discret sur ses inquiétantes inclinations en matière de gâteries dans le registre le plus gélatineux !

Entre nous, un peu gonflée, la bourrique, dans une peau de moraliste outrée ! Pourtant, et bien que plus proche du cercueil que du berceau, malgré tout de la classe des jeunes arrière-grands-mères que cette merluche badigeonnée d'intolérance ! Haute, large d'épaules, le menton en forme d'urinoir d'hôpital, plutôt le morphotype du videur de boîte de nuit que de l'innocente sylphide ! Enrubannée de noir, mouchoir en main, sac de cuir grenat et sans raffinement en bandoulière, visage à la serpe et boursouflé, les attaches épaisses, l'haleine aillée, chapeau en velours beige en forme de capuchon d'amanite phalloïde. Vraisemblablement une endeuillée de la dernière heure, peut-être un peu grenouille d'église sur les bords !

Sur ces entrefaites, le plein de soupe aux esgourdes racoleuses, horriblement choqué par l'apostrophe cavalière et peu discrète de cette monstrueuse créature :

– Méprise, Madame, lourde méprise ! Rien d'obscène dans cette littérature, simplement de la sociologie !

Et elle, visiblement déstabilisée par une telle répartie :

– Entre nous, drôle de sociologie ! Sociologie du sexe, du vice et de la déviance ! Quelle honte ! Bien partie, notre jeunesse, avec un professeur comme vous !

– Chère Madame, grand respect de ma part à vos mesquines convictions, à votre histoire certainement très limitée sur le plan sexuel, à votre vision réfrigérante des plus belles épices de la vie, à votre libido à l'étouffée, comme certains légumes dans la cocotte ! Mais dans ce domaine, à chacun sa notion du plaisir ! Pour les uns, la cravate de notaire, la sodomie courtoise, la descente au barbu, la prise en levrette, les manifestations entre particule et ventouse, la sucette sous la table lors d'un repas, de première communion de préférence ! Pour d'autres, à cheval comme grand-père, et tout dans le plumard conjugal ! Toutes ces choses, chère Madame, pour vous le vaste patrimoine de votre méconnaissance ! Ou peut-être de l'histoire ancienne ? Pardon, de la préhistoire ? Une question d'éthique, de besoin forcené plus fort que soi, de lessivage des bas enfers, de quête d'absolu sur la ligne de démarcation de la petite mort. Oui, chère Madame, la baise : un royaume inaccessible pour la majorité des vivants à l'innocence profane !

– Porc ! Goujat ! Ordure de sale bonhomme ! Redoutable pervers !

– Quel registre limité, sclérogène et monotone comme un paysage de la Beauce chère Madame ! Un peu plus de souffle, d'imagination, de panache ! Dans ce domaine, la banalité, quelle torture ! Et puis, erreur sur vos qualificatifs ! Car moi par plus pervers que père blanc !

– Pauvre con !

– Mes condoléances, chère Madame, à votre récalcitrante tirelire peut-être effleurée par des maladroits ! Entre nous, quelle regrettable rencontre ! Vos pensées parcheminées sur du papier hygiénique, vos certitudes de balai à chiotte, votre manque de dialogue, autant de douloureux garrots pour vous, en tout premier pour vous ! Et tout ça à cause du plus vaste temple de l'humanité : le sexe, ce pluriel bien singulier aussi méconnu pour certains que le mystère de la mort !

– Dépravé de philosophe d'antichambre ! Homme de la plus plate bestialité ! Porc lubrique ! Des individus de votre espèce, pour moi, aucune pitié : une balle dans la tête sans le moindre jugement ! Et, cet acte de salubrité publique achevé, sur une décharge infestée de surmulots nécrophages !

– Quel lyrisme, chère Madame ! Merci de vos enrichissants propos, et très bon voyage ! Mais avant notre douloureuse séparation, du moins pour moi, un conseil de circonstance : avec vos chasses d'antan, pas de réincarnation précipitée vers vos jeunes années, car attention au bas-rouge en rut dans le compartiment un peu plus loin, à cause de sa libido exacerbée et de son pénis toujours aux aguets, même face à du gibier un peu faisandé !

Sorayades êta

Tout à coup, en pleine contemplation des Sorayades, des cris déchirants, insupportables sur le plan émotionnel. Puis, des hurlements et des râles de plus en plus étouffés. Et tout aussitôt, un attroupement devant le compartiment occupé par l'emblue-jeanée à la dégueulasse et son bas-rouge.

Par la plus inattendue des coïncidences, me voilà face à face avec le contrôleur des destinées. Lui, blême comme un arrosoir à la recherche de sa pomme, le front trempé telle une panosse à peine essorée, les paluches un tantinet castagnettantes.

– Un drame, Monsieur le contrôleur ? Peut-être une bagarre ?

– Pire ! Bien pire ! Quelle horreur ! Un crime ! Oui, un crime !

– Un voyageur assassiné ?

– Oui ! Ou plutôt non ! Le bas-rouge, ce si beau chien ! Poignardé par la dame en conversation, un instant plus tôt, avec le gros bonhomme aux livres pornos sous le bras. Invraisemblable ! Cette superbe bête lâchement poignardée avec un simple stylet, de plusieurs coups à la gorge et dans le poitrail. Quelle affaire ! Et pour quelle raison ? Mystère !

Dans le compartiment, du sang sur les vitres et des giclements rouges et encore fumants un peu partout.

Et le chien, mort, allongé sur la banquette, entre les bras de sa maîtresse agenouillée, recroquevillée en douleurs et en sanglots. L'animal, le cou et le poitrail déchiquetés, avec des grappes sanguinolentes et informes déjà en voie de coagulation.

La pauvre bête !

Et moi, au contrôleur des destinées :

– Tout ça à cause d'un pénis verbal !

– À cause de quoi, ce clebs delta-charlie-delta (DCD) ?

Déjà, presque une inquisition policière avec le langage du flic de base pour « décédé » !

En fait, dans le tiroir entrouvert de ma mémoire immédiate, encore très présents, les derniers mots du rougeaud croûteux et malodorant. Des mots comme un coup de lance-flammes à la gueule de la monstrueuse créature, digne, en d'autres temps, d'un honorable grade dans les rangs de Simon de Montfort. Car, rien qu'à sa tronche, une partisane des persécutions à l'égard des Cathares comme, deux siècles après, de celles des protestants !

Donc, dans sa logique, le propagateur d'une littérature sur la turlutte, sur la fellation et sur l'usage du fouet pour les femmes en quête d'orgasme, obligatoirement un hérétique, au même titre qu'un bogomile ou qu'un cathare !

Alors, pas la moindre pitié !

Quant au contrôleur des destinées, visiblement englué dans les flaques flasques figées de son cerveau et agacé par mon silence :

– À votre avis, mon cher docteur, pourquoi cet acharnement sur un cabot et non pas sur un enfant ?

– Pleinement d'accord avec vous, Monsieur le contrôleur des destinées, car ce chien, quelle belle bête à côté de certains tas d'eczéma hurleurs !

– Alors, pourquoi pas cet acte abominable sur un mioche ? Car dans ce train de nulle part, des chiards, des moutards et des pondeuses, un effectif dramatiquement important à côté de celui des toutous, surtout des gros toutous ! Pour moi, cette femme, une déjantée !

– Une déjantée ? Non, Monsieur le contrôleur des destinées. Jamais de la vie ! Simplement une malade.

– Donc, pour vous, folie et maladie du kif-kif la bourrique !

– Exact, Monsieur le contrôleur des destinées. Le mot « folie », simplement dans la bouche des ignares en matière de pathologies mentales. Un terme facile et impropre pour tout comportement hors norme !

– Mais alors ? Toujours pour vous, la femme assassine de l'innocent bas-rouge une malade et non pas une folle ?

– Bravo ! Un bon point Monsieur le contrôleur des destinées !

– Et à votre avis, cher docteur, le nom de la maladie de cette meurtrière ?

– Un acte pulsionnel. Car pour elle, le chien, un simple objet transitionnel. Dans sa logique, l'assassinat du bas-rouge, décrit par le rougeaud, pour le moins peu délicat, comme un animal en rut à la « libido exacerbée » et au « pénis toujours aux aguets », un acte meurtrier symbolique. En fait, la mort du chien synonyme de la mort du gros plein de soupe ! Et la mort du gros plein de soupe, dans sa tronche mal équarrie, la mort du phallus sur le plan universel !

– D'accord ! Merci de vos lumières mon cher docteur ! Mais, malgré tout, quelle honte ! Pour vous, chez cette Dame, la gamelle à l'envers et tous les plombs en fusion au transformateur ?

– Ah ! Monsieur le contrôleur des destinées, la complexité psychologique des êtres, une permanente boîte à surprises !

– Peut-être, mais quelle honte quand même !

– Pour ma part, en qualité de voyageur anonyme de ce train de nulle part, aucun jugement de valeur sur cet acte fort et désespéré. Un simple constat : un authentique signal d'alarme d'une vie intérieure à la dérive et en presque perdition !

– La preuve, ce chien ! Dommage... Vraiment dommage ! Car, quelle belle bête !

Sorayades thêta

Comme par une coïncidence nécro-divine, toujours ce fameux hasard objectif si cher aux surréalistes, le train de nulle part, après une progressive perte de vitesse, en magistrale entrée dans une gare de représentative longueur, de noble grisaille bleutée et d'inquiétante agitation.

Plusieurs cercueils, gueule ouverte, en attente sur des tréteaux à la peinture d'un vert écaillé, en faction comme des sentinelles postées tous les cinquante mètres environ. Excellente moisson pour les professionnels de la chose funéraire ! Oui, mais pour le bas-rouge peut-être pas le même modèle de conditionnement ?

Un simple point de vue ! Car un monde sans le moindre cercueil canin ou des toilettes sans papier hygiénique : la preuve d'un dysfonctionnement transcendantal dans l'ordre des choses !

Alors, et avant la suite des événements, moi, endeuillé dans mon cœur et dans mon âme par la mort tragique et inattendue du cabot, la truffe à la vitre d'un compartiment vide avec un regard d'entomologiste curieux sur les nouveaux preneurs de ce train de nulle part.

Sous mes yeux un spectacle pour le moins comique. Un grand dadais, haut comme une échelle de ramoneur, l'air morne de ces bouteilles d'eau minérale dans un réfectoire de fossoyeurs, le front droit comme un vaisselier de nos campagnes d'autrefois, les joues finement émaillées de boutons à la limite de la suppuration, les doigts effilés et déjà arthritiques à l'image de certaines asperges osseuses délaissées même par le personnel. Et ce blaireau, le museau enfoncé dans un traité de psychanalyse écorné et crasseux. Le pauvre ! Quelle désolation ! Et, de plus, à haute voix, en plein monologue :

– Oui, très juste ! Le transfert, pas uniquement au cerveau, ou amoureux ! Et le complexe, pas exclusivement hôtelier ! Quant au phallus, oui, quant au phallus, oui, le phallus…

Témoin d'une telle tirade, sur le mode exhibitionniste et pour le moins incongru, un pot à tabac tout balafré, les chaussures éculées, le pan de chemise à l'air, le pantalon fripé et décousu, sur un ton de hargne dans un parler faubourien :

– Pauvre ratatiné du bulbe ! Bête de divan ! Pour moi, ta psychanalyse pisseuse, merdeuse : un trou de balle ouvert sur un monde clos !

Une réflexion digne d'un plantureux sanglier évadé de sa bauge pour besogner la gazelle !

À ces mots, le grand dadais, moins crétinus que dans l'apparence, le museau tout aussitôt relevé tel celui d'une bécasse en flagrant délit d'adultère, les joues devenues écarlates par le bouillonnement d'une colère soudaine mais magistralement maîtrisée, dans une riposte verbale aux allures de réquisitoire contre le pot à tabac mal léché et grassement agressif :

– Vos propos si mesurés, cher Monsieur, et si doctement exprimés, quel témoignage de raffinement de l'esprit et de la sensibilité ! Salves de remerciements. Pour vous, au moins vite taillé, le costume ! Vite brossée, la caricature ! Vite tiré, le portrait psychologique sur un simple et pâle coup d'œil ! Pour vous, tous les lecteurs de traités de psychanalyse : des scories de notre société, des tricheurs de la carte de gauche, des assassins de la carte de droite, des ennemis farouches de la réalisation de soi. Quant aux psychanalystes, pour vous, à coup sûr, tous des suceurs de confidences, tous des voilés du carafon issus de la soixante-huitaille rose, mondaine et bien pourvue. Mais pas tous des médecins, et parmi eux nombre de faiseurs, de charlatans, de spéculateurs dépourvus du moindre sens médical, hélas pour les gogos…

– Jusque là, pas de malaise, mon pote ! Bravo pour ta salade, bien touillée mais pas assez vinaigrée à mon goût, mais bravo malgré tout ! Et après ?

– Oui, après ! Ou plutôt avant ! Or, avant, Sigmund Freud, cette intelligence supérieure, ce grand découvreur des replis, des séismes, de la face cachée et primordiale de l'âme humaine. Sigmund Freud, cet ouvreur d'une voie majeure dans l'histoire de nos sociétés. Or, cher Monsieur, strictement rien de commun entre ce monument incontournable et les excréments pollueurs tapis dans son ombre, comme dans celle de l'un des rares autres grands noms de la psychanalyse. Et le livre, entre mes mains, son titre et le pedigree de son auteur, cher Monsieur ?

Et le pot à tabac, deux doigts sur les lèvres, visiblement gêné, la truffe dégoulinante, en plein et timide ânonnement :

– Le titre de ton bouquin : *Cinq psychanalyses.* Le nom de son auteur, sans surprise : Sigmund Freud !

Après quoi, le grand dadais, cette fois d'un ton plus assuré :

– Alors ! Insignifiant roquet, grossier personnage fort de son inculture ! Aboyeur malodorant ! Toujours aussi agressif ?

– Pardon Monsieur ! Tout ça parce qu'à la communale, en plein Ménilmontant, les leçons d'analyse, une véritable torture pour moi ! Et depuis, analyse grammaticale, analyse médicale, psychanalyse, et même le prénom Anne-Lise, des mots trop douloureux dans mes souvenirs d'écolier, avec le cœur en culotte courte !

Et le grand dadais, cette fois largement apaisé par une telle réponse :

– Bon voyage malgré tout ! Et aujourd'hui, au lieu de ma main sur votre trogne de dégénéré aux idées obtuses, mes condoléances à votre inséparable bagage !

– Mais…Erreur ! Jamais le moindre bagage avec moi !

– Si, Monsieur, jusqu'à ce jour votre immense connerie en matière d'idées stéréotypées sur la psychanalyse !

– D'accord avec vous ! Merci de vos condoléances ! Et bon voyage à vous aussi ! Sur ce dialogue, aucun commentaire de ma part !

Toutefois, avec les prêtres les plus excessifs ou les adeptes les plus frappadingues de cette pseudo-religion, la psychanalyse, attention ! Surveillance verbale maximale sur l'océan de la spontanéité, du jeu de mots toujours phalliquement interprétable !

Oui, attention au couperet péremptoire et sans appel de ces redoutables petits maîtres de la chose et de leurs valets de pacotille ! Avec ces gens-là tintin et des queues Marie le sens de la fête sans interprétation douteuse ! Oui, tintin et des queues Marie les guirlandes, la barbe à papa et le train fantôme ! Jamais de feux d'artifice, simplement des feux d'artifesse avec des pétards synonymes, dans leur vision distordue, de culs ! Des pétards pour sangliers doctement membrés !

Quant à la barbe à papa, pour la plupart de ces gens-là, rien d'autre que la bitte à papa ! Quelle désolation ! Non pas celle d'amarrage, mais celle pour les ramonages !

Mais chapeau bas à quelques grands comme Freud, Jung, Winnicott, Adler, Groddeck, Mélanie Klein, Marie Bonaparte, Lacan et certains autres, ainsi qu'à tous les praticiens irréprochables sur le plan de l'intégrité et de la compétence comme, par exemple, feu le docteur Victor Girard, un humaniste de pointure rare !

Car entre nous, la psychanalyse, mais dans un genre assurément différent, un peu comme le banditisme : pour un seigneur, que de petits voyous, de perdreaux et de demi-sel !

Et le grand dadais, de nouveau le museau plongé dans sa freudienne lecture, de long en large devant mon wagon. Une véritable catastrophe ambulante que ce sac à protozoaires pélagiques ! Certainement pas la faute de la psychanalyse livresque, incitatrice de la recherche de la vérité primordiale vrillée entre les deux cuisses de sa génitrice. Lui, un martyre idéal déjà lourdement programmé par l'incontournable trieuse universelle !

Soudain, l'inévitable télescopage avec une mégère carrossée dans le fauvisme bellevillois, aux pare-chocs un peu flasques depuis, très certainement, plusieurs décennies. Et de sa voix d'ouvreuse dans un cinéma porno, une apostrophe sans la moindre nuance :

– Alors, grande perche bigleuse ! Gueule de hareng ! Dès le matin, de la merde dans les mirettes !

Et lui, tout bêta, visiblement électrouducuté par cette poissarde intrusion dans sa lecture sur la cruauté primitive et le traumatisme de la naissance. Toutefois avec, effectivement, une tronche de hareng ! Mais en homme pétri de bonnes manières, et pour le moins bien éduqué, poli comme à une certaine époque, une sacoche dans une nageoire, son livre dans l'autre, la réplique courtoise immédiatement au museau :

– Oh ! Pardon Madame, mille et mille excuses !

Puis, peut-être conscient de l'insigne platitude de sa réponse de petit garçon bien élevé, comme le regret coagulé sur ses lèvres, à nouveau sur le ring, mais cette fois d'une manière plus offensive :

– Hareng, peut-être ! Mais vous, morue des eaux les plus nauséabondes ! Et puis, après tout, "hareng" pour un vendredi, quoi de mieux ?...

Et l'autre, congestionnée de rage, avec son manteau caca d'oie, ses tatanes d'un rose fort apprécié dans certains quartiers, sa mise en plis de la veille, son double menton et sa dent en or aux tribunes de sa lèvre inférieure galbée comme une canalisation de vidange. La réplique immédiate :

– Espèce d'hareng imbaisable, avec ta voix de faux cul ! Ta gueule !

Alors, le grand dadais, pour le coup à des années-lumière de son saint bréviaire, plus gaillard que jamais par les propos de la merluche :

– Et toi, hyène de marécage ! Espèce de raclure de bidet ! Punaise d'hôtel borgne ! Vieille chienne pelée, baveuse et impropre à la consommation, même avec ton dentier !

Décidément, en dépit des apparences, pas sa langue dans sa poche l'espèce de squelette d'autruche à dos de zébu, l'intello de ce quai de gare. Finalement, aussi bien – du moins par la dialectique – dans une peau de poissonnier des bas quartiers que dans celle d'un adepte de la littérature psy. Mais pour l'heure, le grand dadais loin, très loin même, de son papa, de sa maman, du pipi, du caca, des nichons, des culs, des phallus ou des vagins !

Déjà un attroupement devant le wagon.

Et la mégère à la grimace vengeresse, son clapet à insultes grand ouvert, une patte aux varices saillantes sur le marchepied :

– Ordure de fosse à purin, déchet de salle d'opération, résidu de fausse-couche faisandé !

Alors, ce haut modèle de distinction aux relents de mortadelle, sa dialectique peut-être par elle jugée insuffisante, en guise de prime, un magistral bras d'honneur !

Le grand dadais, nullement impressionné, la main à la braguette avec un geste de choix, comme pour une lancequinade au postérieur certainement fleuri de la mégère, dans un beuglement de bouvier au cul de sa vache la plus crottée :

– Ménopausée de bataclan ! Ruine de plumard ! Toile d'araignées de chatte !

Un prêtre en soutane, témoin horrifié par de tels compliments à une dame d'un âge aussi respectable, ces quelques mots au grand dadais :

– Mon fils, peut-être janissaire en quête d'une promotion ? L'esprit de revanche, incompatible avec l'amour de son prochain. Alors pourquoi un tel déferlement d'insanités ?

– Vous, homme d'abstraction, de dialectique aux couleurs du vent, de sagesse verbale, à vos prières, à vos simagrées, à vos paroles liturgiques, mais très peu pour moi ! À un jour prochain ! Et aux Enfers, peut-être…

Pendant le débarquement des petits morts tant attendus sur le quai, des crachements saccadés, éjaculatoires, presque douloureux, dans un haut-parleur moribond.

Ici, une gare bien différente des autres de par son importance et sa paradoxale agitation feutrée et mortuaire, réfrigérante et chaleureuse par l'angoissante pression rayonnante tant dans l'atmosphère que dans les poitrines.

Tous ces détails, dans l'absolu quelle importance ? À voyage autre, itinéraire semblable ! Donc, philosophiquement, sexuellement, diaboliquement, aucune différence ! Presque une aubaine finalement !

Car, comme toujours, comme dans la vie, l'arrivée pour certains ! Le départ pour d'autres !

Comme dans la vie ma poule !

Et, à l'identique des autres gares, de nasillards crachotements dans des micros :

– Trente minutes d'arrêt ! Trente minutes d'arrêt !

Sorayades iota

Des croque-morts pour chiens, tous en uniforme gris et porteurs de muselières (peut-être des hommes cabots dans une précédente vie, mis en punition dans celle-là !) déjà attelés à une sorte de cercueil canin en forme de niche richement décorée par des cuisses de facteurs, des mollets d'huissiers, des gorges d'enfants, des reins de chats (hélas ! Ces adorables et innocentes petites bêtes…) déchiquetés, parfois même en lambeaux. Quelle tristesse ! Mais surtout ici, en l'occurrence, pour le bas-rouge ! Peut-être un peu mordeur du temps de son vivant, certes ! Mais certainement, d'un point de vue de chien, à juste raison. Donc, mordeur pour la bonne cause ! Et cette niche mortuaire, maintenant à poste sur des tréteaux différents des autres, tout comme les cercueils, les innombrables cercueils ! Autour de cette dépouille canine, d'autres chiens venus aux obsèques des campagnes et des bourgades alentours. Mais tous, sans distinction de race, de fortune ou d'infortune, d'âge ou de sexe, obligatoirement au pelage noir, ou gris. Pour certains quartiers-maîtres de quelque école philosophique, le tout sur un air de *La Flûte enchantée,* le rituel : pas pour les chiens ! Ici, manque de chance pour les amateurs de formules stéréotypées, le contraire ! Quel sens de la fraternité quand même !

Au beau milieu des gémissements et des sanglots canins, une mémère pot-au-feu, frappée d'un bel érythème, à une autre dondon au profil syphilitique, peut-être ancienne mère maquerelle du temps de sa vie active car, au cou, une impressionnante batterie de médailles. Toutes les saintes au grand complet, et au milieu le Christ ! Bref, le rendez-vous de la bondieuserie la plus mièvre, donc de la plus admise, parce que la plus ostentatoire ! Des images taillées, du moins pour les parpaillots, pas très catholiques !

Certainement pas assez pour l'expiation de toutes ses incartades. De ses vies en ménage ! De ses vies en manège !

– Plus de participants que pour l'enterrement de mon mari ! Pourtant, mon Fernand, lui aussi pas rouge !

– Non Henriette ! Ici, le défunt, un chien ! Un toutou ! Un ouah ouah. Mais pas un clebs politisé ! Un bas-rouge, un peu comme chez nous un auvergnat, un alsacien, un normand ou un breton !

– Quelle culture, ma petite Mado ! Et tout ça appris au bordel entre deux passes ! Chapeau ! Quelle chance ! Pendant ce temps-là, moi, comme une conne, cantinière pour des mioches dans une maternelle de banlieue crapoteuse. Quarante-cinq ans au milieu des gamelles et des aboiements de moutards ! Et tout ça pour des poignées de cerises ! Ici, au moins, les cris de chiens, quel bonheur ! Quelle récompense !

– Ma pauvre Henriette ! Pourtant avec ta belle petite gueule, un demi-siècle plus tôt, et ton cul moins abondant qu'aujourd'hui, tout un avenir devant toi. Quel ratage ! Quel gâchis ! Malheureusement, trop tard ! Tant pis pour toi !

– Oui, peut-être une vocation contrariée. Mais pas assez audacieuse à l'époque. Et puis, des tripotages de queues à longueur d'année, et les cuisses toujours ouvertes ! À la fin, quelle monotonie !

– Et le torchage des mômes, pas moins nauséabond qu'une giclée de sperme ! Dans mon ancien métier, le pied plusieurs fois par jour ! Et tout en liquide, au propre comme au figuré ! Quant aux mecs : un régal ! Toujours différents : des ouvriers, des étudiants, des poulets, des hommes politiques, des commerçants, des cons, des grosses têtes et bien d'autres… Du travail d'entomologiste, ma chère Henriette ! À cette école du plaisir et du plumard, en matière de psychologie et de sociologie sur le terrain, largement le niveau des connards d'intellos avec tout dans la tchatche !

Mon esprit, en cette si pénible circonstance, et après une telle plâtrée de fadaises associée au charivari funéraire, un peu comme un atlante porteur de son fardeau. Et cet harassant fardeau, rien d'autre que le souvenir, vrillé en moi, de la Dame de cendre.

Car pour elle, nada, moins que pour un clebs ! Personne pour ses obsèques, pas même un cador galeux ! Sans importance pour certaines personnes de croyance religieuse, car pour elles, broutille, une seule vérité : Dieu et les chiens !

Donc à Dieu et adieu à toi superbe bas-rouge de ce train de nulle part au cœur des Sorayades ! Et bon voyage à toi, en haut, en bas ou dans le grand néant ! Mais peut-être aussi à plus tard, sur d'autres chemins de vie !

Quelle émouvante cérémonie !

Maintenant, une chorale canine, après la mise en bière du bas-rouge, accompagnée par les aboiements de tous les voyageurs, aux fenêtres des compartiments et sur le quai.

Ici et là des bourgeoises de modeste rang et des Dames de la haute à quatre pattes, tenues en laisse par leur baudet ! Entre nous, un comportement excessif et un peu snob… Peut-être aussi, de leur part, dans l'espoir d'un reniflage, et plus à la rigueur, de leur derrière déjà parfumé à la graisse d'oie dans une bien vicieuse perspective !

Et Henriette, radieuse, à son amie de longue date retrouvée sur le quai :

– Pourquoi pas toi également, comme toutes ces Dames, à quatre pattes ?

– Pour moi, terminé et bien terminé, le métier ! Surtout à l'œil comme toutes ces pisseuses ! D'ailleurs, elles, des empotées de première bourre ! Pas des professionnelles pour un rond ! Ou le cul trop serré, ou les genoux comme sur un prie-Dieu, ou les pattes tendues comme celles d'une vieille carne à l'abreuvoir. Du travail d'amateur, ma petite Henriette !

Alors Henriette, comme particulièrement complexée vis-à-vis de son amie, par un légitime sursaut d'orgueil, trop heureuse de l'offrande d'une immédiate démonstration de ses dons non exploités, à quatre pattes et toute aboyante.

Et son amie, émerveillée :

– Cinquante ans plus tôt, un malheur avec ton cul ! Mais aujourd'hui, malgré tes beaux restes, trop tard ! Bien trop tard…

D'ailleurs, en dépit de sa position suggestive, aucun chien autour d'Henriette, même pour une modeste reniflette ! Pas fous, les clebs ! À fortiori pour le léchage d'un potiron rance, certes, mais non enduit à la graisse d'oie !

Alors, l'infortunée Henriette, à nouveau debout, mouchoir en main, en pleins sanglots !

Et l'officier des chemins de fer de passage devant elle, ému par un chagrin si emprunt de sincérité, ces quelques mots à l'inconsolable :

– Peut-être une parente du défunt ?

Alors, la pauvre Henriette, elle d'ordinaire si simplette, avec une petite âme de corsetière émerveillée devant les suprêmes banalités de la vie quotidienne, et de plus dotée d'une bonté mollasse à l'image de ses goûts lénifiants en matière artistique avec, en référence, le calendrier des postes suspendu dans l'entrée de son modeste appartement au papier à fleurs, aux couleurs aujourd'hui éteintes, désespérément jaunies et imbibées de quelques relents de cuisine et de médicaments, car posé à l'amiable, depuis quelques décennies, par le mari de sa pipelette, ancien gardien de la paix devenu depuis locataire d'une sépulture à l'eau de rose dans un immense champ de repos de la banlieue la plus monotone de la capitale, donc elle, connue dans son quartier sous le sobriquet de "rillettes", devenue soudainement féroce dans une crise d'aboiements jamais égalée, même par les plus redoutables clebs.

Et l'officier des chemins de fer, déjà mordu au sang à la gorge :

– Au secours ! Au secours ! À moi !

Immédiatement, trois croque-morts pour chiens, de fieffés baraqués, muselés comme tous les membres de leur corporation, accourus et déjà en pleine maîtrise de cette chienne à deux pattes, contaminée par le virus canin.

Alors, la pauvre Henriette, la muselière sur la truffe, tenue solidement en laisse et porteuse d'un collier étrangleur, traînée jusqu'au chenil carcéral, pour chiens délinquants, installé à proximité du magasin pour cercueils canins.

Quelle affaire !

Pour moi, cynophile conséquent, cette inattendue désertion de la planète de ce bas-rouge par la pulsion criminelle d'une pathologiquement réfractaire à la chose sexuelle, quel pincement aux coronaires ! Car la vision d'un chien, innocent de toutes les turpitudes de l'âme humaine, assassiné, massacré, lâchement égorgé dans un compartiment, quelle douleur !

Et pour lui, pas de messe canine ! Messe ou autre cérémonie d'ailleurs. Quelle ingratitude ! Quelle grandiose salissure pour ceux de notre espèce, quand même !

Car ce chien, entre nous, et pour la redite, quelle belle bête !

Sorayades kappa

Cette halte nécro-ferroviaire prolongée, avec sa cohorte de voyageurs en partance dans ce train de nulle part, quelle volupté, du moins pour certains ! Guignol ! Et même Grand-Guignol ! Mais guignol au cœur cerné, et pour cause ! Affligeante et désespérante fresque de l'humanité de service !

Donc, de mon compartiment en guise de mirador, pleins phares sur ce spectacle plus angoissant qu'une danse macabre aux ossements déjà bien lustrés. Pour cette bonne raison, et aussi par souci de fidèle restitution, à nous deux la foule ! Donc et re-donc, maintenant au scalpel le plus ébréché. Au broyeur que cette viandasse humaine non consommable et non crédible sur le grand livre de l'essentiel et du merveilleux.

Pour vous, mes chers lecteurs les moins horrifiés, quelques portraits de voyageurs pour un bon dégueulis avant la suite du voyage.

Donc, comme à confesse, un par un que ces gratte-culs de la vie quotidienne.

Juste sous mes yeux, en contrebas, sur le quai, une scène de la plus intense banalité entre un officier des chemins de fer et une voyageuse :

– Monsieur le contrôleur, pour moi, la femme du croque-mort en chef de cette gare, une place, mais absolument à l'angle fenêtre et dans le sens de la marche.

– Mais, Madame, même par insigne déférence, par sympathie et respect à l'égard de votre mari, dans ce train de nulle part, impossible pour le moment. Pas assez de morts ! Toutefois, rien de perdu, mais plus loin, dans les Sorayades, après un petit écrémage !

– Monsieur le contrôleur, de vous à moi, mon mari entre parenthèses, par pitié ! Car, à titre de récompense, pour une place à l'angle fenêtre dans le sens de la marche, une sublime bouffardière de ma part. Et en plus, dans un cercueil !

– Dans ces conditions, volontiers ! Car une bouffardière contre ce mince service, mille fois d'accord ! D'ailleurs, sous le sceau de la confidence, pour moi, même avec de la difficulté, rien d'impossible au niveau des places dans ce train. Mais pour la bouffardière, un souhait Madame, dans un cercueil vide de préférence !

– Chose promise, Monsieur le contrôleur ! Dans un cercueil veuf de sa cargaison, sans même un chien, ou un enfant à l'intérieur !

– Dans ces conditions, Madame, pour vous tout de suite une place à l'angle fenêtre dans le sens de la marche. Mais, encore une faveur, Madame, la bouffardière, pas simplement du bout des lèvres !

– Certainement pas, Monsieur le contrôleur, avec moi, toujours à pleine bouche !

Et ce nouveau contrôleur des destinées, à l'évidence un corrompu jusqu'à la moelle, une truffe de gros con paillard avec des pattes de maquignon, immédiatement à l'œuvre !

Et le voilà, plus tripoteur et farfouilleur que jamais, en pleine palpation dans les abyssales profondeurs de ses billets et de ses réservations, avec une mine de conspirateur affairé par un dossier aux apparences primordiales en même temps qu'extrêmement urgentes ! Chose compréhensible dans le contexte d'une telle tractation. Pour ce jouisseur, de préférence dans un cercueil, devenu écarlate, en nage et tremblotant, l'affaire de sa vie que la promesse de cette bouffardière par la femme du croque-mort en chef de cette gare !

Donc, toute proportion gardée, dans sa caboche de gros con dépourvu de la moindre manière, rien de moins qu'une affaire d'une portée cosmique ! Car, cette fois, rien de commun avec sa dernière demanderesse, une spécialiste de la grossesse nerveuse des fourmis rouges en Transylvanie centrale, avec une requête semblable, mais simplement contre un baiser sur le front. En effet, avec la femme du croque-mort en chef de cette gare, une proposition d'une autre nature : une bouffardière dans un cercueil ! Et peut-être, en plus, la possibilité pour lui d'un graissage de compas ! Quelle chance !

Après une modeste poignée de secondes, mission accomplie :

– Voilà, Madame, une place angle fenêtre dans le sens de la marche.

– Merci mon trésor !

Et tout aussitôt, dans la foulée de cette liberté verbale pour le moins excessive, un doigt pointé vers un cercueil vacant et légèrement en retrait :

– Dans celui-là pour la bouffardière !

– Et votre mari, Madame ?

– Aucun risque, mon gros inquiet ! Et puis, pour toi, un bon lustrage du piolet en même temps que, de ta part, un très expert malaxage de mon dahlia, un suprême honneur pour lui. Surtout dans un cercueil ! Même vide ! Un atout supplémentaire dans le cadre de sa vie professionnelle !

Drôle d'éducation, quand même, que Madame l'épouse du croque-mort en chef de cette gare ! Même avec sa belle langue ! Vicieuse et perverse, certes ! Peut-être un peu trop pour le nouveau contrôleur des destinées, ce niais de forte carrure, certainement averti des choses de la vie, mais pervers accidentel, lui, et non point comme la femme du croque-mort en chef de cette gare.

Car elle, une perverse par nature, comme presque tous les poètes, les artistes, les médecins et autres personnes de qualité ennemies du fonctionnarisme, de la rengaine et de la systématisation dans l'acte sexuel.

Et cet attelage de circonstance, couple illusoire pour une étincelle de plaisir dans le brasier de leur existence, déjà main dans la main, et d'un pas précipité en direction d'un confortable cercueil désespéré par une trop longue solitude.

Pendant ce temps, juste au pied de ce wagon, un spectacle moins excitant. En effet, une insipide laideur aux yeux glauques et délavés, au regard d'écrevisse de bassin fétide, puant et verdâtre. Un remède immédiat contre la pulsion sexuelle romantique à l'image des précédents amoureux avec, en toile de fond, un accueillant cercueil !

Non, elle, le boudin intégral avec sa croupe pour matelot à la diète, et en quête d'une saillie sans surlendemain, même sans lendemain. Simplement une paire de cuisses, serrées à outrance dans une jupe noire, trop courte et toute maculée. Presque du matériel thérapeutique pour la purge immédiate de la bête ! Rien de plus qu'un sac à queues aux lèvres d'une insoupçonnable vulgarité, taillées pour des manches de pioches de différents calibres et, bien évidemment, pour des dégoulinades de mots orduriers. Bref, une écrevisse, certes, mais de marécage avec l'odeur en sus ! Bonjour le raffinement !

À côté d'une telle engeance, une bouffardière dans un cercueil, quelle suprême délicatesse et, de plus, quelle nécromantique volupté !

Décidément, sur ce quai sans grand relief comme un pain sans levain, et, comble du comble, encore sous mes yeux, devant mon wagon, et à mon nez, un autre spectacle de la plus sinistre désolation.

Des embrassades effrénées, bien baveuses et sans pudeur entre une simiesque créature et un croque-mort pour chiens en permission, en uniforme malgré tout, mais sans sa muselière.

Quel couple !

Lui, le départ des cheveux à peine au-dessus des sourcils, les esgourdes en feuilles d'artichaut, les dents sursitaires noires, peut-être rapport à son métier. Quant à ses pattes velues, très ostensiblement sur le potiron de sa gerce mini-jupée dans le vulgaire. Un bas de plafond ! Mais toujours présent devant les urnes ! Un électeur à contre-sens, comme la majorité des électeurs ! Sans distinction d'étiquette !

Elle, un style sans style à la moule très loquace dans le registre le plus bas de gamme. Une petite roulure de grande surface en plein roulis et en exhibitionniste tangage sur son croque-mort pour chiens, quel affriolant spectacle pour un déglingué de la toiture comme moi !

Ce couple, aux antipodes d'Éloïse et Abélard, de Daphnis et Chloé, de Paul et Virginie !

Et leur dialogue, entre deux gloussements humides, ni du Stendhal, ni du Balzac, ni du Maupassant, ni du Zola, même pas de la presse du cœur !

Un exemple :

– Mon croque-mort adoré ! Amour de ma vie !

– Vite, dans un petit hôtel !

– Impossible, plus de pilules dans mon sac !

– Aucune importance ! Dans ma poche, entre deux bordereaux pour cercueils de chiens, encore une capote.

– Mais une capote pour clébard ?

– Ouais, mais pas pour teckel !

– Quelle chance pour ma lambruche gourmande !

Ah, le prestige de l'uniforme, des galons et des boutons dorés ! Quelle bandatoire signification pour les gazelles de tous pelages ! Car, en plus des bals populaires et des ronds de gambettes dans les cercles militaires, la solde et les mondanités, pas pour les chiens ! En effet, que de gonzesses caramélisées, hypnotisées, langues pendantes devant le petit capo ou le gros colon ! Et pour les dabs, quel soulagement si épousailles à la clé pour leur incasable sauterelle ! Car la sacro-sainte sécurité…

Et pendant ce temps-là, les semnopithèques de ce quai de gare, coagulés dans leur slip, avec des pelles généreusement baveuses !

Décidément, le monde des croque-morts pour clebs, pas très propice à l'érection pour les gens aux bonnes manières !

Sorayades lambda

Sur ce quai de toutes les transhumances, de tous les labourages et de toutes les vendanges, de tous les impromptus de destinées plus ou moins bien ficelées, de tous les télescopages de douleurs, d'exaltations, d'espérances, de missions ou de démissions, pour moi, spectateur anonyme, narrateur de cet immense spectacle, juché du haut de mon compartiment, quelle récompense ! Car encore guignol, et toujours guignol, face à ces copeaux de désolante humanité de service !

Face à des étreintes aussi grassement suggestives, un vieux beau tout gominé, luisant comme une table de nuit éreintée par les saisons mais maladroitement encaustiquée, les ongles jaunis en profondeur, le dentier sale et malodorant hors la ganache, l'œil cataracté et vicelard. Un portrait à lui seul pour l'album de la déchéance !

Et sa bourgeoise, la toison comme un pot d'hortensias après un sérieux coup de soleil, encore une gavée pas taillée dans un bâton de sucette, quelques pas devant mais la tronche retournée. Alors, d'une voix pathétique, avec la langue drue et colorée de certains bas quartiers :

– Alors, mon hanneton des îles, mon colonial, mon tatoué, mon homme à moi, toujours aussi frétillant ?

Et le mateur lubrique, à sa bourgeoise plus jalouse depuis plusieurs décennies :

– Ouais, maman ! Pas de mouron ! Le lustrage des cuivres simplement à la maison avec toi !

– Vantard ! Avec tes outils usés ! Avec tes maladies vénitiennes, mon pauvre gondolier prostaté jusqu'à la moelle ! Un peu de mémoire mon hanneton des îles ! Au cours de ces dix dernières années, trois fois seulement, dont deux fois dans ma main et une fois sur ma cuisse droite… Alors, un peu plus de modestie ! Les cuivres, à d'autres ! Car ton flacon, de l'histoire ancienne ! Vide depuis longtemps !

– Peut-être ! Ouais, peut-être… Mais à bonne vache, bon taureau !

Encore et encore des débarquements de morts. Parmi eux, une femme enceinte immédiatement placée, mais à l'envers, dans un cercueil pour bossus !

Rares, très rares même les cercueils à double circulation ! Pour moi, quelle chance qu'un tel spectacle !

Et, par un miraculeux hasard d'ordinaire propre à la littérature, sur le quai un drôle de ouistiti. Une sorte de monstre comme exhumé d'un charnier pour furonculeux de partout, en croustillant dialogue avec sa greluche, une sorte de double hernie vivante car bossue et enceinte :

– Pour toi, ma langouste, deux cercueils au lieu d'un ! Mais, tête de nœud, la mise bas pour dans trois semaines à peine. Pas de pot ! Donc dans un seul cercueil… De belles économies pour toi ! -Baliverne ! En trois semaines, une bossue en cloque toujours à la merci de la grande faucheuse. Et notre fils dans tout ça ? -Ah, oui ! Un oubli de ma part !

D'interminables minutes avant le départ, avant l'infernale poursuite de ce train de nulle part en permanente, haletante, cisaillante, oppressante vitesse à travers les Sorayades, et sans retour possible, sans terminus, sans gare de départ, sans destination connue, même d'une façon approximative.

Seule la vie caracolante, martelante, aspirante comme thérapie face à l'immuable, à l'inexorable, à l'inextinguible déroulement du tapis du temps avec une longueur impartie à chacun. Car, à tout le monde le gâteau et à chacun sa tranche plus ou moins épaisse, plus ou moins calcinée, plus ou moins choucrouteuse, plus ou moins sédimentée dans le luxe ou dans l'indigence.

Mais un jour, à chacun son tour, et sans distinction de mérite, d'âge ou de condition, la descente obligée, sur un quai en rase campagne ou dans une gare de solide importance.

Car, comme toujours, comme dans la vie, l'arrivée pour certains, le départ pour d'autres ! Comme dans la vie ma poule !

Et les haut-parleurs, en pénibles crachotements :

– Attention ! Départ dans trois minutes pour les sursitaires, pour la suite du voyage dans ce train de nulle part, pour cette avancée au plein cœur des Sorayades !

Sorayades mu

Pour tous les voyageurs du train de nulle part, une angoisse plus ou moins diffuse, plus ou moins avouée, plus ou moins admise, mais toujours justifiée, et pour cause ! Car, pour qui la descente dans la prochaine gare ?

Pour qui le cercueil gueule ouverte en attente sur le quai ? Pour qui le grand changement de direction ? Pour lui ? Pour elle ? Pour eux ? Peut-être pour ma tronche de toubib avorté, immunisé contre la connerie mais pas contre la mort ?

Oui, peut-être bien pour moi ? Et maintenant, de plus en plus vite à travers les Sorayades ! Ma déambulation dans le couloir, quelle volupté pour la gourmandise de ma curiosité ! Dans un compartiment, juste au bout du wagon, seulement un homme étendu de tout son long sur la banquette de droite. Un dormeur doublé d'un rêveur ! Et de plus, à haute voix… Ma vocation d'explorateur des destinées en alerte ! Une escale obligée pour la récupération d'une histoire peut-être d'une haute banalité, mais peut-être aussi bardée d'étrangetés, de cocasseries, d'intelligibles impromptus !

Maintenant, au rêveur la parole, dans une bouillie syncopée, fouettée par toutes les lanières d'une poisseuse et viscérale angoisse.

Des bribes de phrases ! De la pierre brute non dégrossie ! Du tablier doré sans rien d'acceptable dans le buffet ! Encore un rat de chambre humide gavé de cochonnaille ! Un discours échevelé, incohérent en diable ! Le cadre de son rêve, sans aucun doute la salle de réanimation dans un grand hôpital.

– Urgence ! Pas toujours pour les autres ! Oui, perfusion en ligne continue. Et la nuit ! Et encore la nuit ! Et toujours la nuit ! Ballet des blouses blanches, ballet des blouses bleues dans ce deuxième étage. Et ces chariots de linge bleu ou jaune, de linge bien repassé.

Le rêveur, comme immergé dans une magique buanderie pour d'autres ritournelles.

Et, ça et là, dans ses bribes les plus audibles, l'allusion à une chambre médicalisée aux portes toujours ouvertes - donc la sienne, au même titre que toutes les autres - dans une travée ou la vie et la mort en permanents ricochets sur l'échiquier de l'incessant combat entre l'une et l'autre avec, dans le camp de la vie, d'authentiques missionnaires laïcs, médecins, infirmiers et infirmières, aide-soignants et aide-soignantes, personnel de service toutes fonctions confondues, mais aussi avec l'assistance d'un appareillage électronique hautement sophistiqué capable de crises d'alarme. Ces auxiliaires de chiens de garde du progrès médical déguisés en avertisseurs sonores et lumineux, attentifs à la moindre défaillance, à la moindre anomalie comme, par exemple, au rythme cardiaque, à la tension artérielle, à la respiration, mais aussi à la bonne adhésion des électrodes. Et là, le rêveur, certainement très marqué par la symbolique des couleurs propres à son histoire, en pleine interprétation des choses, mais dans un écheveau verbal copieusement emmêlé :

– Palette des électrodes adhésives pour le meilleur comme pour le pire. Sans quoi, l'alarme ! Et parfois même la larme avec un mouchoir de deuil, soudain, improvisé comme un invité de toute dernière minute, de deuil non maîtrisable et parfois même imprévisible tel un enjoué patenté, bon vivant notoire, et suicidé subit. Surprise ! Car, pas comme chez Tristan Corbière avec son *Petit mort pour de rire* ! Ici, pas de tirs à blanc !

Nécessité absolue d'un gigantesque démêloir pour un tri dans les propos déhanchés, fracturés, décousus du rêveur immergé dans son histoire. Encore quelques instants à son écoute :

– Et les familles prévenues, et les familles accourues, presque toujours la nuit, en pleins sanglots dans cette travée de la réanimation. Et les silhouettes chancelantes des vivants. Oui, des vivants en visite improvisée pour la circonstance, pour l'extinction de la petite chandelle de l'un des leurs. Dans cet orchestre de gémissements étouffés, de paroles bien ciselées offertes aux attristés de passage par l'interne de garde, de petites culottes oubliées par ces pleureuses de l'ailleurs, transparentes jusque dans leur robe enfilée pour un ultime pèlerinage. Quel sublime spectacle pour un vivant posthume ! Une telle vision avant le grand appareillage, quelle récompense !

Maintenant, le rêveur de plus en plus précis dans ses propos distordus, éclatés comme les fragments de porcelaine d'une œuvre éparpillée sur le plancher d'une expérience de vie. Alors, encore la parole au rêveur :

– Et moi, foudroyé de tristesse et d'envie, tubé, branché, inacceptable. Et moi, dans la presque obscurité de ma chambre vaste comme un appartement grand ouvert, par sécurité, pour les rondes, en plein déshabillage mental, en plein décryptage, en pleine charade sous les jupes de ces femmes découpées dans mon sommeil à clairevoie. Certainement plus gouleyantes sur le perron de mon imaginaire que comestibles dans l'antichambre de la réalité avec un plumard de fortune. Encore que… Parfois… Pas toujours un cachalot dans l'épuisette ! Pas toujours un veau marin ! Pas toujours une oie sotte comme un vase de nuit, ou une dinde plus aigre que de la confiture d'orange à la sauce vinaigrette, mais un risque toujours possible !

Ce rêveur au discours de mieux en mieux articulé, certainement un personnage ! Rien de commun avec les autres voyageurs ! Et soudainement, une volte-face verbale dans ce rêve au profil de moins en moins hermétique. En effet, une tirade sur la couleur et l'emplacement des électrodes. Quelle chance !

– Au centre de la poitrine le blanc, couleur de la mort et de la renaissance, couleur de l'effacement des choses et de la pleine substance des formes masquées derrière le voile. Le blanc, un passeport pour toutes les cabrioles, pour toutes les randonnées mentales, pour le gommage de toutes les malfaçons du cœur, de l'âme et du reste ! Mais à droite et en haut, le rouge. Une idée simpliste ! Couleur de braise incandescente, de sang répandu, de révolution et de chute dans le noir, lui en bas et à tribord. D'ailleurs, dans les écoles, pour la souvenance de l'emplacement de ces électrodes, toujours une allusion à Stendhal, à droite, avec *Le Rouge et le Noir.* En haut la bataille et les blessures, parfois même la mort, et en bas la fosse ! Facile ! À gauche, une différence de taille : en haut le jaune. Le jaune de Tristan Corbière, le poète des *Amours jaunes,* donc le jaune du cœur, en priorité sur tout ! Et en bas le vert ! Facile également ! Une pensée pour Verlaine, le grand découvreur de Tristan Corbière. Mais un autre moyen pour les réfractaires à la poésie : le soleil sur la campagne ! Donc, à gauche, le jaune en haut et le vert en bas !

Puis le rêveur à nouveau en plein naufrage dans un magma verbal cohérent pour lui seul :

– Urgence en décolleté sur un mort nu ! Transfusion ! Perfusion et salade de poireaux. Tantôt une piqûre dans le bras droit, tantôt dans le bras gauche ! Et l'infirmière aux yeux mauves, quel marche-pied pour un rescapé provisoire !

Et moi, debout, face à ce rêveur au discours teinté de certaines ruades et cabrioles poétiques.

Un homme-surprise comme un canapé-lit ! Une expression illisible sur le visage. Vraisemblablement une étoile filante en rupture de galaxie.

Un miracle sidéral ? Quand même pas !

Poignant, émouvant, inhabituel que ce potage verbal d'un villégiateur de la proche banlieue de la mort, que ce témoignage d'un rescapé en quelque chose, que ce rideau à claire-voie derrière la vitre du train de nulle part comme derrière le chemin de halage de chacun de nous !

Le délire comateux sous les plus sournois déguisements du cauchemar ressuscité en rêve, avec le service de réanimation d'un grand hôpital en toile de fond. Un tronçon d'existence bien caréné pour un avant-goût de naufrage !

Après cette insupportable écoute d'involontaire confession, le feu aux poudres du mental. Donc, sans aucune hésitation, demi-tour ! Mais avant cela, à voix imperceptible, une bouteille à la mer pour le rêveur allongé, avant ma progression vers un autre compartiment.

– Salut à toi, le naufragé, le repêché miraculeux, l'interne de garde sur la coupée des vivants approximatifs ! Salut à toi, homme d'involontaire bavardage de derrière les dunes de la coïncidence, et les vents de sable porteurs de diagnostics ! Salut à toi, homme coagulé dans ton inaccessible histoire pour le passant comme moi, veuf en éclairage et dépossédé de la moindre lucarne ! Salut à toi, homme baudelairien, complètement énigmatique ! Salut à toi, voyageur en toi même !

Donc, maintenant, après cette entrée par effraction dans le paysage intime de ce rêveur, demi-tour !

Bonjour les oiseaux de passage dans ce paysage décoiffé, à la dégringolade, à la lisière de l'écartèlement !

Sorayades nu

Dans le couloir, un pachydermique voyageur à la gueule de dogue teuton gavé au confit de canard. Le visage jaunâtre plissé comme une diarrhée d'hépatique encore moelleuse après quelques heures de stagnation sous un soleil de plein été. Quant aux taches brunes ou noires, sur ses joues, sur son front, comme sur ses mains d'ailleurs, un copieux passage au moulin à merde ! Pure logique pour un clampin plus proche d'une planche sur le ventre que d'une pincée de sel sur la langue ! La pochette carmin ostentatoire en exergue sur une veste pied-de-poule taillée pour vieux beau sur les rails de la débandade sexuelle ! Certainement pas un trapéziste de l'ombre que cet adipeux assez représentatif de l'inhumaine prétention !

Face à cet empâté d'une hideur impériale, une touriste, en provenance d'un lointain wagon, trop heureuse d'un mitraillage en règle, avec son appareil, d'une telle curiosité, et conne comme tous les touristes, d'une voix laxative :

– Avec votre permission, simplement quelques photos de vous comme souvenir de mon voyage dans votre pays !

Et le gros plein de soupe, le groin récalcitrant :

– De ma tête ou de mon cul ?

– Aucune importance pour moi, car la même chose ! Simplement pour mes fins de repas en famille. Un plaisir comme un autre… Une habitude ! Une tradition ! Une preuve de mes vacances passées à l'étranger ! Et vous, Monsieur, un impérissable souvenir pour moi !

– Connasse de petite bourgeoise ! Tête d'agrume ! Banane ! Donc, pas que chez nous des fauvettes dans ton genre !

Et le train de nulle part, à contre-voie de toute logique d'espérance, avec ses escarbilles de la nostalgie, ses interminables tunnels, ses gares désaffectées sans la moindre trace de vie, toujours dans son oppressante course en direction d'un ailleurs permanent synonyme d'autre rive.

Pour les voyageurs privés de la moindre lucidité, le train de nulle part : un train comme un autre !

Les bienheureux !

Me voilà donc, une fois de plus, le témoin d'un dialogue sur l'enclume entre deux lécheurs de paysages, le museau aplati contre la vitre du couloir. Non pas avec le pachydermique voyageur, mais entre un gnome moustachu, mouchotteux, crachoteux, porteur sur ses bras dénudés de très anciens souvenirs d'une varicelle opiniâtre, et un tatoué magistral épargné par la finesse d'esprit.

Et le petit en bras de chemise, avec une mèche blondasse et huileuse pantelante sur son front cabossé comme une gamelle croisée sur une décharge publique, à l'autre, marginal de pacotille, rouleur pour la forme, mais très certainement chic type en diable, prêt à n'importe quel crime par fraternité au profit d'un nécessiteux dans la plus insolente débine :

– Merveilleuses les Sorayades, contrée imaginaire pour le reste du monde !

Et le tatoué en guise de réponse :

– Les Sorayades ! Les Sorayades ! Voilà une nouvelle Clé de vie à mon trousseau. Et quelle Clé de vie ! Les Sorayades, pour bibi, mystère et boule de gomme ! Une région ? Une contrée ? Un pays ? Un continent ? Peut-être rien de tout ça ! Peut-être simplement un immense réceptacle pour illusions fanées.

Pas si con qu'à première vue, le bestiau loubardisant ! Une dialectique pour le moins athlétisante, dépoussiérée, humainement construite.

Alors, le freluquet, certainement le produit d'une lourde dégénérescence, le museau narquois :

– Les Sorayades ? Rien de tout ça et tout ça en même temps !

– Mais alors ? Un mirage ? Un maelstrom ? Un simple chevauchement d'un espace à califourchon sur le temps ? Un territoire ressuscité de la plus haute antiquité ?

– Rien de tout ça non plus !

– Mais alors ? Les Sorayades, peut-être tout simplement l'indéfinissable patrimoine de l'absurde ? Ou l'inégal combat entre Eros et Thanatos ?

Et le petit bonhomme, fier comme un suppositoire éjecté par inadvertance d'un cul de Princesse du temps des tzars, d'un air grognon et visiblement électrique :

– Agaçantes, vos questions ! Très agaçantes ! Les Sorayades, une interrogation pour tout le monde, certes ! Mais avant tout, les Sorayades, une réponse pour chacun. Donc, pourquoi pas pour vous ? Donc, adieu cher voisin de couloir ! Et certainement à jamais !

Sorayades ksi

Témoin involontaire d'un dialogue fort enrichissant à propos du mystère des Sorayades, que déjà happé dans un compartiment occupé par six personnes aussi dissemblables qu'une rose des sables ébréchée et qu'une marmite de haricots rouges, ou encore qu'une tête de sanglier sortie de chez le taxidermiste, pour la joie d'un aubergiste d'une contrée boisée, et qu'une pince à linge norvégienne. Oui, ces voyageurs aussi dissemblables qu'un bidet en plein veuvage de culs et qu'un timbre poste décoloré par de longues saisons d'absence pour cause de décès involontaire d'une grabataire sans âge, garrottée entre son immense solitude et son buffet Henri II.

À la première place, juste à gauche, un endommagé majeur, du moins dans les apparences ! Hideux, baveux, recroquevillé comme un fauteuil crapaud. Peut-être la victime idéale d'une vie intraitable. Mais du côté de la langue, aucune anomalie, aucune frilosité, plutôt de la hardiesse.

– Bienvenue parmi nous, cher Docteur.

– Décidément ! Pourquoi Docteur ? Un tic contagieux, comme la peste, oui, comme la peste ! La plus scélérate des endémies !

– La bubonique, mon cher, la pneumonique ou même la septicémique. Et puis, après tout, pourquoi pas Docteur ? Parfois, aucune différence entre un docteur et un âne, sauf du côté de la longueur de la queue !

Horripilant, ce petit bonhomme à la voix aigrelette, au regard très yin, les deux pieds déjà sérieusement enfoncés dans la cendre. Drôle d'ostrogoth que ce lascar à la casquette verdâtre vissée sur l'occiput, que ce presque vieillard emmailloté dans ses rides, que cette trogne de demeuré mental à l'image de certains commis de fermes de nos campagnes d'autrefois, fruit d'une lourde hérédité avec l'éthylisme et de nombreux maillons incestueux dans le rétroviseur ! Oui, horripilant ce petit bonhomme, avec son museau de belette en plein carême, sa peau farineuse comme avant la friture et son menton ignominieusement long, effilé et triangulaire.

Immédiatement à côté de cette erreur de la nature, une sorte d'ogresse, peut-être ancienne lutteuse de cirque, ou encore cantatrice à la noix de coco seulement visible, dans ce rôle, sur les estrades de fêtes foraines de quelque village retiré ! Cette congestionnée à l'extrême, aux poussées tensionnelles évidentes, aux rots et aux flatulences à répétition, à la robe bouffante aux couleurs de carnaval émaillée de suprêmes reliefs de repas, et, de plus, baguée à outrance, à la manière - mais en pire - de certaines marchandes d'édredons ou de fripes. De ces femmes toute en surface comme des maisons de plain-pied ! Style, par exemple, pour les plus avancées en âge, mémères adeptes du renard de plâtre sur la cheminée, encadré par deux douilles d'obus de la guerre 14-18 avec, à l'intérieur, des tulipes en matière plastique ! Bref, un remède radical contre toute velléité sexuelle !

Et bien, elle, le postillon aisé, une éructation indiscrète et rocailleuse en guise de formule d'accueil :

– Un docteur parmi nous ! Un luxe, certes, mais pas inutile ! Surtout pour moi, grande adepte du malaise ! Donc, bon voyage en notre compagnie !

Et moi, en guise de réponse, d'une voix tonitruante :

– Grande adepte du malaise ! Voilà un titre bien ronflant pas donné à tout le monde. Mais, chère Dame, entre la médecine et la santé une différence de taille !

Pendant ce temps-là, le simplet à la casquette verdâtre les joues ficelées par un large sourire car, avec les gesticulations de sa voisine, des odeurs d'écurie retrouvées. Glorieuse réminiscence ! En fait, et très certainement, garçon de ferme dans une autre vie, avec une botte de paille dans l'étable, ou au cul des vaches à temps complet, et familier de la fosse à purin !

Toujours sur la même banquette, mais près de la fenêtre, une sorte de Dracula en complet noir, l'incisive étincelante, la tronche en pain de sucre, le cheveu aile de corbeau, plat et lissé vers l'arrière, la paluche divinement étrangleuse au premier coup d'œil, et nul besoin d'un examen de passage ! Et lui, peut-être le seul monstre vrai de ce compartiment, les babines retroussées prêtes à la morsure puis à la succion, la pâleur excessive d'un clown blanc aux reflets vert-de-gris, sur un ton solennel :

– Quel honneur ! Un disciple d'Esculape pour nous seuls, dans cette cage aux fauves ! Alors, comme mes adorables voisins, bienvenue parmi nous, cher Monsieur, pardon, cher Docteur !

Sur la banquette d'en face, trois religieuses emmêlées dans leurs chapelets et bâchées de gris. Toutes les trois aux lèvres rétractées. Une croix, oui, mais également sur leur libido ! Quelle hérésie que ces trois bouches fanées, rendues impropres à la moindre délicatesse buccale ! Pour l'effleurement d'un crucifix, d'accord ! Mais entre nous, pour une autre forme de volupté : nada ! Ces créatures de piété, burinées dans le dogme, vampirisées par le ciel, embouties dans la gravité des choses de la vie, par certains côtés, quel gaspillage ! Mais à chacun sa vérité, son délire sectaire, sa mission terrestre, son masochisme. Pour certains et certaines de la peau de mouton sur le ventre, pour d'autres des messes noires ou des réunions chez les spirites, donc pourquoi pas ai sein d'une communauté religieuse !

Soudain, l'ogresse à la robe bouffante et amidonnée par des reliefs de repas déjà anciens, l'œil baveux, les lèvres sinusoïdales, sur un ton de mégère des faubourgs :

– Encore de la sale graine de toubib ! Ah, eux alors !

À ces mots, le Dracula de service au rictus gourmand, dans un immédiat sursaut d'indignation :

– Alors quoi ?

– Alors, presque tous des charognards, des ignares en matière de diagnostics différentiels que ces chiens coiffés aux pieds nus habités par une belle absence de raisonnement médical responsable !

Cette fois, le Dracula congestionné comme une tomate dans la force de l'âge :

– Une explication et au plus vite, chère Madame, après tant d'immondes sornettes, surtout pour moi médecin, fils de médecin et petit-fils de médecin !

Et elle, cette fois d'une voix de minaudière :

– Alors, bonjour cher confrère, bougrement honorée ! Car moi aussi médecin, fille de père et de mère médecins, petite-fille de médecins dans les deux branches, mère de deux fils médecins ! Entre nous, une confidence : aujourd'hui, trop de mulets dans la profession ! Trop de praticiens je-m'en-foutistes et volontairement en rupture de permanentes informations ! Oui, trop de petites têtes, de ratés adulés, plus forts en mondanités qu'en diagnostics, mais à la plaque bien vissée et à la conscience esculapienne déglinguée ! Souvent des nuls uniquement axés sur le symptôme.

Alors, le Dracula du compartiment, cette fois bien assagi :

– Bravo ! Pour le coup, bravo ! Salves de félicitations ! Dans notre métier trop de fieffés crétins, de toubibs de pacotille, fiers comme des pots de chambre de sous-préfectures et jamais contredits par des malades confiants et impressionnés, surtout en province ! Nous voilà donc en pleine concordance d'idées. Chez nous, en effet, trop de piètres et indignes héritiers du caducée, considérés à tort, à grand tort, comme les voix les moins incontestables de la médecine en marche. Alors, bravo pour votre mot si juste de tout à l'heure « presque tous des charognards » !

Et elle, après un majestueux rot aux effluves de boudin :

– Oui, tous ces remplisseurs de cimetières, docteurs mon cul ! Car des vies en jeu ! Pour eux, souvent le plus important les vacances de leur esclave de bonne femmes, souvent d'anciennes infirmières, et de leurs moutards, à la mer ou à la montagne !

Et le Dracula, plus jouasse que jamais, les lèvres rouges et dégoulinantes car trempées, pour la soif, dans un flacon de sang ! Peut-être du sang encore tiède récupéré directement sur le bas-rouge !

– Bravo, et encore bravo ! Une simple comparaison à propos des toubibs borgnes, et parfois même touchés par la complète cécité face à certains malades ! Pour une meilleure compréhension, le chasseur de palombes, que d'yeux pour la palombe, et feu sur la palombe ! Le chasseur de sangliers, que d'yeux pour le sanglier, et feu sur le sanglier ! De la même manière, le chasseur de symptômes, que d'yeux pour le symptôme, donc feu sur le symptôme, mais le malade, l'infortuné, au boulevard des allongés ! Et un de moins !

Après cette saillie très imagée, le racho baveux à la casquette verdâtre, dans un élan de hardiesse :

– Nous voilà entre collègues ! Pour ma part, en ma qualité de Professeur à la Faculté de médecine, pleinement d'accord avec vous deux. Les diagnostics à la tronçonneuse, du nul de chez nul ! Car, par exemple, derrière un ptosis aux apparences anodines, peut-être une pêche au cerveau, une myasthénie toujours possible avec, dans bien des cas, une tumeur du thymus, rarement maligne d'ailleurs, et si le cas bien circonscrite ! Mais pour le médecin mulet, âne, crétin et dangereux, une seule solution : une intervention pour un relevé de la paupière. Et en voiture Simone !

À ce moment précis, la religieuse la plus engagée dans la vie d'adulte, les mains jointes, avec une tache groseille au bas de la joue gauche. Mais après tout, une religieuse à la groseille, pourquoi pas pour un corsaire au régime !

Et de sa petite voix cristalline :

– Nous trois, mes chers docteurs, d'humbles infirmières. Notre conception de la médecine : un sacerdoce toujours en prise directe avec l'évolution scientifique, avec les nouvelles pathologies, avec les dernières thérapies. Pour nous, l'art médical : la vigilance avant tout et en permanence ; le verre grossissant ailleurs que sur le symptôme tel qu'en lui-même. Vive la médecine responsable, une médecine d'investigation, une médecine d'avenir, une médecine d'amour, une médecine sous les auspices de notre Seigneur Jésus Christ !

Et moi, debout entre le discours du stéthoscope et celui du crucifix.

Donc rebelote ! L'appareillage vers le prochain compartiment, car ici rien de bon entre le chloroforme et l'eau bénite, entre le nadir et le zénith !

Quant au train de nulle part, déjà en plein freinage pour une courte halte en rase campagne. Simplement quelques nouveaux petits morts.

Donc, comme toujours, des cercueils gueule ouverte sur le quai ! Oui, comme toujours, comme dans la vie, l'arrivée pour certains ! Le départ pour d'autres !

Comme dans la vie, ma poule !

– Trois minutes d'arrêt ! Trois minutes d'arrêt !

Sorayades omicron

À peine l'ébranlement du train pour la poursuite du voyage au plein cœur des Sorayades que déjà, dans chaque compartiment, un message nasillard à l'attention de tous les voyageurs :

– Appel à tous ! Appel à tous ! Aucun scrupule, aucune pitié et aucune hésitation pour le lâcher, à contre-voie, des faux amis, comme de la charogne avariée pour les vautours de passage ! Tous programmés pour la même charrette : celle des couards, celle des indignes de la moindre confiance, celle des couilles molles, des trop sûrs d'eux et de leurs jugements, souvent dictés par une femelle à l'esprit plus étroit que ses fesses ! Donc, pour une dernière fois, aucune pitié ! Tous les faux amis, à la trappe, dans la fosse de l'oubli le plus profond et à contre-voie ! Merci, et très bon voyage !

Et moi, surpris par un tel discours, vitriolé dans sa forme mais très acceptable quant au fond, en face à face, dans le couloir, avec une sorte de brancardier du monde ferroviaire aux épaules cubiques et au regard insipide ! Sur son dos, comme un ballot de linge sale.

En fait, un enfant mort, tel un oisillon tombé du nid, dans une toile de madras ! Quel dommage ! Redoutable loterie que la condition humaine ! Car, finalement, la destinée de la Dame de cendre, essorée par une trajectoire relativement longue, ou la vie de ce gamin déjà englouti par une lumière de deuil à peine la planète accostée, dans l'absolu du pareil au même ! Avec la mort au menu, toujours des surprises ! Parfois au dessert ! Parfois au hors d'œuvre (le cas de ce gamin par exemple) ! Parfois au beau milieu du plat de résistance ! Car la mort, toujours rôdeuse et toujours gloutonne, sans cesse omniprésente durant l'espace du banquet de la vie ! Or, le banquet de la vie ou le temps du voyage dans le train de nulle part, du kif-kif la bourrique ! Une excellente comparaison !

À peine devant un autre compartiment, presque au centre du wagon, que des ricochets d'éclats de voix entre un prêtre en soutane bardé de ses oripeaux et le liftier d'un grand hôtel international avec des ascenseurs exclusivement programmés pour la descente, toujours plus bas, sans jamais la moindre possibilité d'ascension ! Donc, à chaque pression sur un bouton quelconque une descente, obligatoirement une descente !

Le liftier, à l'adresse du prélat, d'une voix ferrailleuse et magnifiquement vulgaire :

– Pourquoi cette valise entrouverte sur vos genoux ?

Et tout en même temps que cette anodine question, un pet onctueux, mais malgré tout pas très catholique, en guise d'accompagnement sonore, mais aussi, et peut-être, de test olfactif.

Mais son unique voisin de compartiment, stoïque, la narine fripée et d'une courtoisie cardinale :

– Quelle idée, cher Monsieur ! En toute franchise, pour rien de bien particulier !

Mais l'infortuné prélat, manifestement incommodé, complètement déconcerté par le ton agressif et le caractère absurde d'une telle question.

Et l'autre, cette fois presque menaçant :

– Encore une fois, vous, homme d'Église, pourquoi cette valise entrouverte sur vos genoux ?

– Mais Seigneur, quelle espèce d'importance ?

– Aucune, strictement aucune ! Nous voilà donc bien au cœur de notre conflit !

– Mais de quel conflit ? Seigneur ! De quel conflit ?

– Dans cette affaire-là, Jésus pas dans le coup pour un rond ! Donc, pour une dernière fois, pour la der des ders, pourquoi cette valise entrouverte sur vos genoux ?

– Par hasard, cher Monsieur, tout à fait par hasard, et très involontairement.

– Donc, homme d'Église, tant pis pour vous ! Mais entre nous, quel dommage !

Et puis, dans les instants d'après, comme un vol de corbeaux devant la fenêtre du compartiment. Et le liftier, enfin seul maintenant, un périodique de courses hippiques largement ouvert sur les genoux. Drôle de chose quand même que la vie, avec ou sans valise entrouverte sur ses genoux !

Mais juste à cet instant, un crevard de passage, malingreux des deux bouts, un museau de punaise fiévreuse, le type même du porteur de guigne, du maestro de chambre froide, de la froissure d'existence, du con multicarte, en plein ébahissement face à cette zébrure noire devant la fenêtre.

– Incroyable que ce corbeau géant dans les Sorayades ! Pour moi, du jamais vu !

Alors, le turfiste mal embouché, la truffe écarlate et bien enfoncée dans son canard pour la septième, dans la première réunion à Maisons-Laffitte :

– La même chose pour toi, crevure ?

– Crevure ? Crevure ? En voilà, de bien vilaines manières espèce de gros salsifis !

– Encore un mot, et le même sort que le rat d'église !

– Otarie d'hippodrome ! Con subliminal ! Macropode du primaire ! Sanglier à peine sorti du ventre de sa laie ! Emmouscailleur des banlieues putrides ! Kroumir obséquieux ! Ménestrel de l'idiotisme ! Syphilo de donzelles de sacristies ! Pasquin ! Loris ! Ratel ! À ta disposition !

Pour l'autre, une brute pas même ébarbée, un éblouissant kangourou avec, très certainement, une plus modeste longueur de queue que le mammifère australien, un molosse doté d'extravagants maxillaires, un décapsuleur de tout et de rien simplement à l'aide de ses ratiches, un baroudeur de fêtes foraines, un déboucheur de poulaines, un catcheur avec son ombre, du pain béni.

Et hop, d'un bond d'un seul, à la gorge sur le racho !

Manque de pot pour lui car la crevure, du moins dans l'apparence, rien de moins qu'un karatéka de très haut niveau ! Dans les deux minutes suivantes, comme la vision dadaïste d'un sanglier ailé de passage devant la vitre.

Et encore un, dans les catacombes de l'infini !

Chaud devant !

Un con à l'eau bénite pour la 18 !

Curieuse coïncidence car 18, non seulement le cri du vanneau, cet échassier à la huppe noire, mais encore, et uniquement dans certains milieux d'initiés, une relation directe avec le pélican, cet oiseau palmipède au long bec, symbole de protection paternelle, familiale et donc fraternelle !

Cette fois à très vive allure à travers les Sorayades ce train de nulle part ! Celui du présent absolu sans la moindre destination précise, sans terminus. Et d'ailleurs, pourquoi ? Avec simplement une halte pour chacun de nous dans l'une de ces gares de nos itinéraires de vie. Car à chacun son butoir, à chacun son heurtoir ! Et pour les autres, les sursitaires béats, la poursuite du voyage. Angoissant voyage, sans retour possible ! Une seule direction : celle de l'effritement et de la reconstruction du temps.

Mais, au cœur des Sorayades, quelle cristalline lumière ! Quelle subtilité de tons pastel ! De fondus ! De dégradés ! Quel ciel de porcelaine généreux et galbé sur l'ensemble de l'horizon décoiffé par le regard indifférent, angulaire, parfois économiquement glacial d'un très large effectif du troupeau !

Sorayades pi

Décidément, la loi des séries ! Pire que les doryphores dans les champs de pommes de terre à l'heure allemande ! Pire qu'à Vallières en Champagne humide ! En effet, dans le couloir, me voilà nez à nez avec un autre prêtre. Jeune celui-là, exhibitionniste de ses convictions religieuses, bâché dans sa soutane, missel en main, peut-être un pape potentiel ou un futur canonisé ?

Avec ce prélat au visage anguleux, au physique élancé comme un tuyau d'orgue, aux doigts osseux et presque trop bien tressés pour la prière, quelques mots échangés comme avec un voisin dc palier :

– Bonjour mon fils !

Et moi, non point par manque de respect (d'ailleurs, par éducation, par tradition humaniste, par souci de maintien des choses les plus belles dans une société déjà dramatiquement amochée, loin de moi cette complicité et cette systématisation à l'égard des mauvaises manières et du chaos !) pas plus que par ostentatoire affichage de conceptions autres, mais plutôt par provocation :

– Bonjour Monsieur le prêtre !

Et lui, à cette riposte de courtoisie peu coutumière, à l'évidence le museau. La gueule en quelque sorte.

– Prêtre oui, mais serviteur de Dieu avant tout !

– Mais lequel de tous les Dieux de l'Univers, le mien ou le vôtre ?

– Après tout, pas plus le mien que le vôtre ! Peut-être tout bonnement le nôtre…

– Pourquoi pas ! Voilà une conception œcuménique des choses, donc acceptable. Quelle surprise de la part d'un agité du crucifix !

Parce que pour moi, très peu madré en matière de génuflexions, le Dieu des uns ou le Dieu des autres : du kif-kif la bourrique !

– Sur ce point précis, d'accord ! Car par ces temps de sublime cruauté, un bien sale métier que celui de Dieu !

– Pas plus que celui de Grand Architecte de l'Univers !

À ces mots, une grimace de labrador en pleine défécation, puis un imperceptible hoquet :

– Mon fils ! Mon fils ! Quel blasphème, mon fils ! Et surtout quelle impardonnable confusion ! Car Jésus-Christ, la Vierge Marie, quand même, mon fils, un peu de déférence ! La résurrection ! Le baptême ! Le symbole de l'hostie, celui de l'eau bénite ! Rien de commun avec vos triangles borgnes, vos équerres cérébrales, vos inutilisables compas ! Quant à vos temples maçonniques peuplés d'hérétiques porteurs de peau de mouton sur le ventre et d'autres accessoires de singerie, quel grossier simulacre !

– De la pure graine d'intégriste comme vous, Monsieur le prêtre, une honte pour l'Église, mais pas seulement. Adieu, vulgaire petit sergent recruteur de l'affaire Jésus ! Cureton de mes deux ! Cathédrale d'intolérance ! Pour vous, une escale obligatoire dans un compartiment, un peu plus loin, occupé par un racho pas très catholique avec un sens du dialogue assez expéditif. Lui aussi, comme moi mais à sa manière, une véritable bête à Bon Dieu un peu récalcitrante, mais lui, pas dans le genre coccinelle !

Et le prélat, d'un pas précipité vers ce même compartiment :

– Espèce de mécréant rendu aveugle par votre haine des serviteurs de notre Seigneur Jésus-Christ ! Pour vous et votre philosophie boiteuse et sulfureuse, quelle aubaine qu'un roi Salomon ou qu'un Hiram, architecte dénaturé et massacré, dans votre besace ! Quant à vos arguments publicitaires pour les naïfs et les niais, quelle imposture ! Les Mozart, les Goethe, les Voltaire, les Benjamin Franklin et bien d'autres noms prestigieux, de la poudre aux yeux ! De la plate récupération ! Mon fils, la franc-maçonnerie, la bête noire de l'Église apostolique et romaine !

– Homme de peu de semblant d'âme, sous-raclure de bénitier, désastreuse et humiliante image d'une Église aux prétentions d'amour, de partage, de charité, de tolérance et de paix. Pour vous, l'Enfer à temps complet, et le plus tôt possible ! Une fripouille de votre espèce, mercenaire au service du dogmatisme catholique le plus détestable, à coup sûr un poste de général sous Simon de Montfort comme au moment de l'Inquisition.

– Un discours de rad-soc, de franc-mac et d'athée !

Comment ! D'athée ?

– Parfaitement, camarade mécréant, d'athée !

– Non, diseur de mauvaise aventure ! Moi, pas plus camarade que vous homme acceptable au service d'un Dieu aux ambitions universalistes. Mais athée, jamais ! Plutôt iranien !

– Iranien, mon fils ? Iranien ? Iranien ? Mais quel rapport ?

– Parce que athée errant !

– Quel stupide et affreux mot de mauvais esprit ! Iranien parce que à Téhéran ? Facile pour un toubib de votre réputation !

– Pour raison d'impossibilité de dialogue, très bon voyage, et de préférence dans le compartiment un peu plus loin, avec le racho casquetté.

– Souilleur de vérité ! Ennemi des gens d'Église ! Dans ce compartiment, pas simplement un liftier turfiste, mais également mon voisin de banquette, un autre prêtre de mes amis.

– Quelle chance !

– Pourquoi ? Deux prêtres et un liftier turfiste dans un compartiment, rien de plus anodin.

– Simplement parce que le vol des corbeaux en pleines Sorayades, quelle volupté pour un enfant de la Veuve ! Très bon voyage malgré tout, mais de préférence avec une valise entrouverte sur vos genoux !

Alors, l'homme d'Église, avec un haussement d'épaules significatif, et l'index droit en plein vrillage sur sa tempe… Mais après tout, l'apparence d'un demeuré mental pour un cureton de cette trempe, pour moi, plutôt un honneur !

Déjà dans le couloir d'un autre wagon, donc à l'opposé du prélat programmé pour une cavalière défenestration, que du coin de l'œil, et à la hâte, un spectacle d'une affligeante banalité.

Debout contre la porte coulissante d'un compartiment apparemment vide, un couple, mais plus exactement deux corps entortillés et malodorants.

Elle, une grognasse aux mamelles comparables à des pastèques en forme d'exutoire pour psychotiques affamés de nounous. Lui, un chaud du manche noué au bras de sa palpeuse de roudoudous, porteuse d'un cul comme le château de Chambord avec, sous sa jupe pleine à craquer, un escalier à double révolution. Mais un escalier de cellulite pour trimardeurs pas très exigeants sur la carrosserie ! Quant à lui, de la bestialité dans l'encolure avec une gueule de calife de bande dessinée et un tatouage d'amateur sur le frontispice de son bras gauche. Peut-être tout dans les roustons, tontaine et tonton ! Rien de garanti croisade ! Une hypothèse comme une autre ! Bref, les deux ensemble, un couple du Neandertal pleine toile et, bien évidemment, machouilleurs de chewing-gum, tels des bœufs à l'engrais ! De plus, un peu cradoques sur les bords.

Encore des ravinés de la gamelle avec du mauvais esprit plein la caboche.

Mais elle, un remède à deux pattes contre la bandaison. En effet, dans ses yeux de génisse en rut, pas même le reflet d'un wagon de marchandise pouilleux, d'une botte de poireaux ébouillantée dans de l'eau de vaisselle ou encore d'un squelette d'escabeau entre deux bidets ébréchés au fin fond d'un terrain vague.

Rien puissance rien !

Des vies comme beaucoup, à la blanquette de veau industriel avec, à l'horizon, du soleil en boîte grâce à la caisse à images posée sur le réfrigérateur.

Des êtres humains, cependant ! Voilà le grand dilemme !

Mais entre nous, tout à fait entre nous, des mal finis, de la bonne pâte pour une cause extrémiste et sectaire, du bétail pour les urnes. Une aubaine pour les partis politiques, mais aussi pour les gouvernements assoiffés de petites têtes pour la conduite à bien de leurs multiples et sombres machinations !

Décidément, pas de chance !

Un peu plus loin, dans le couloir, une joufflue, lippue, fessue, rougeaude et mal embouchée, pendue, comme un bout de lard au clou d'une poutre vermoulue, à la veste lustrée de son baudet de service. Un moulin à poissardes réprimandes et parfois, dans cette bouche pâteuse, de la glu bien ordurière.

– Alors ma grosse asperge au yaourt, un petit coup à la sauvette dans les chiottes ?

– Sacrée Maman ! Toujours la bouche ouverte !

– Et-toi, feignasse, de moins en moins le bras tendu !

Quelle déception !

Quel rappel à l'ordre au nom de la réalité dans ce train de nulle part que ce couple assez représentatif d'un certain aspect du raffinement de l'esprit français d'aujourd'hui !

Adieu à vous, les poètes de la Pléiade ! Adieu Montaigne ! Adieu Racine ! Adieu à vous aussi, cher Cardinal de Retz, pamphlétaire et mémorialiste de superbe futaie, digne tenant de la morale héroïque !

Me voilà donc en face à face avec le réel de mon époque. Quelle punition ! Un couple digne de tous les égards, de tous les droits, de toutes les assistances républicaines dans notre société d'eunuques. Dans le genre, avec ces gens-là, la totale ! Tout compris dans le spectacle ! Avec elle, par exemple, des relents de vase à chaque ouverture de son four. Les postillons faciles, à la lisière de la vomissure, plus nombreux et moins poétiques que les embruns sur la jetée de Roscoff ! Et en prime de ça, vraiment de tout ça, une vue imprenable sur sa toison blondasse avec des racines aussi noires que celles, terreuses, des betteraves de la Beauce la plus profonde. Dans l'apparence des cheveux, mais en fait de la filasse huileuse, peut-être rincée avec de l'huile de phoque. Une succession de mèches collées entre elles comme une wassingue hors d'usage, ou comme une panosse pour les sudistes. Un redoutable aperçu sur l'état de sa foufoune ! Bonjour la descente au barbu, et à pleine langue, pour les amateurs de luge ! Attention à l'état de la piste !

Quant au baudet, un gros lard bouffi, aux yeux pisseux d'un bleu délavé avec des cils porteurs de quelques croûtes jaunâtres encore moins sympathiques que celles de la scarlatine. Avec aussi un phlegmon purulent aux doigts de la main droite. Bonjour les attouchements sexuels du joueur de mandoline ! Mais également, et en plus, convenablement édenté, chauve comme un bidet conventuel, le crâne pustuleux. Du côté de la crétinerie, pas le moindre doute ! Pour lui : Rimbaud, un joueur de première division ; Mallarmé, un avant-centre ; Apollinaire, un butteur argentin !

Comme dernière touche à ce tableau déjà bien esquissé, la tatane éculée, rabougrie, maculée, mais en aucun cas un tantinet reluisante ! Le froc mal ajusté, fripé, percé, cacateux !

Bref, l'homme, un fissuré de partout !

De temps à autre, du groin de cet Adonis, un grognement inhumain comparable à celui d'un sanglier au cul d'une laie nymphomane. Bref et re-bref, un couple très honorable pour nos institutions plus à l'écoute de leur histoire que de celle d'un vieillard propret garrotté dans la dignité de son indigence sociale et de sa solitude ! Mais oui, chers lecteurs, cette laie et ce sanglier, prioritaires sur vous, sur moi, sur des artisans, sur des créateurs, sur des marginaux positifs, dans la première institution gouvernementale ou privée venue, et sans distinction d'obédience politique.

Pour eux, toutes les excuses ! Pour les autres, peau de balle et balai de crin !

En effet, pour nos contemporains immédiats impliqués dans une mouvance aux apparences sociales, comme, par exemple, les grognards de l'enseignement, ceux du monde syndical, la cohorte des éducateurs, des psychologues, des psychanalystes, mais aussi pour les membres de certaines églises ou chapelles plus ou moins sectaires, et pour les travailleurs sociaux en général, la laie et le sanglier : des personnes dignes de tous les attendrissements car, pour les uns, des victimes d'un Dieu ingrat et malfaisant, et pour les autres, des représentants du peuple écrasés par la société bourgeoise, par le monde de l'argent, par le rouleau compresseur du gros capital. Des victimes en quelque sorte. Tant mieux pour eux ! Tant pis pour moi ! À vos mouchoirs gens de raison !

Un peu plus loin dans ce couloir, à une poignée de pas de la laie et du sanglier, une sans manière aux allures de cachalot. Valise en carton bouilli dans une main, verrue poilue sur la joue gauche, chaussures plates actionnées par des poteaux pour nuit d'amour avec du catch au programme. Mais, masquée par elle, une gazelle évaporée, le type même de la grande bécasse digne, en la matière, d'un accessit !

Sous son bras droit, mazette de foutre de Bon Dieu, miracle ! De la lecture ! Et pas du pipi de chat, de chien ou même de rat ! Mais pas non plus - point d'illusions - du Lautréamont, du Tristan Corbière, du Jules Laforgue, du Rimbaud, du Germain Nouveau, de l'Apollinaire, du Max Jacob ou du Robert Desnos, ou même du Supervielle, du Ponge, du Char, du René Guy Cadou, et encore moins de l'Arthur Cravan !

Non ! Rien de tout ça !

Trois fois, cinq fois, sept fois et même trente-trois fois hélas, rien d'acceptable !

Mais de la lecture quand même ! Donc, chapeau bas malgré tout ! Cependant, la tête froide, donc pas de surprise. En effet, un périodique du cœur à l'eau de rose (ou plutôt du cul à l'eau du robinet) ! De plus, avec ce genre de « littérature », un horoscope destiné aux grandes rêveuses en quête d'un étalon charmant un peu friqué sur les bords, avec une gueule de joueur de flamenco !

Et moi, déjà à sa hauteur :

– Pardon Mademoiselle, ou plutôt pardon Madame depuis nos dernières coquetteries gouvernementales !

– Oh ! Pardon docteur !

– Voilà une bien curieuse idée ! Pourquoi donc docteur ?

– Parce que le héros de mon feuilleton-photos, un docteur grec ! Et quelle ressemblance avec vous !..

– Simple coïncidence, chère Demoiselle ! Et son nom, à ce fameux docteur grec ?

– Evangélos Lysimakis !

– Certainement un descendant lointain du général Lysimaque.

– Ou un nom donné par analogie avec la fleur !

– Oui, mais alors avec la fleur des îles en référence aux beautés cuivrées de Basse-Terre, de Saint-Claude et d'autres paradisiaques enclaves de la Guadeloupe !

– Voilà une autre possibilité ! Mais au lieu d'une coïncidence aux effluves de goyave ou de senteurs des Caraïbes, peut-être une rencontre avec vous dans une vie antérieure.

– Drôle ! Très drôle ! Après tout pourquoi pas ?... Où ? Quand ? Comment ?

– Dans l'île de Crète, une histoire de très longue date, et moi votre dévouée servante dans un palais somptueux !

– Et la suite de cette rocambolesque histoire ?

Alors, cette oie ricanante aux joues devenues pourpres, avec ses tibias arqués, sa poitrine absente, sa tête en forme de lampe de chevet, ses yeux inexpressifs de bécassine plénipotentiaire, son regard inhabité comme un immeuble sordide en voie de démolition, ses manières de shampouineuse de bas quartier, d'une voix appropriée avec le reste :

– Un amour merveilleux sur les bords de la mer Egée entre vous et moi. Enfin, entre le grand médecin et sa petite servante !

– Malheureusement, rien de commun entre les rivages de la mer Egée et ce train de nulle part au plein cœur des Sorayades !

– Oh si, docteur !

– Mais quoi donc ?

– Le plus important : vous et moi !

– Message reçu ! Peut-être à une autre fois sur les chemins de la coïncidence. Mais pour l'heure, bon voyage, chère Demoiselle !

Finalement, pour la midinette en proie à la rêvasserie, la lecture d'un feuilleton de la presse du cœur moins toxique qu'un poulet élevé en batterie et nourri avec de la farine à base de viscères et de plumes d'autres gallinacés. Mais à bouffeur de poulets à petit prix, innocent à petite tête ! Cent fois meilleur pour la santé, et peut-être un peu plus cher, une tranche de pain sans gluten, une pomme, trois noix et une cuillerée de soja ! Mais pour la parade le poulet, même de grande surface, sur un plat en argent, ou, selon les manies des tous petits bourgeois, en toc de préférence.

Quelle étincelante mystification ! Finalement, tout pour l'apparence ! Tout pour le décorum, pour la frime. Pas trop pointilleux sur ce genre de détail que les nouvelles têtes à claques de parvenus farauds de la dernière couvée ! Ces mauvais imitateurs des authentiques grands bourgeois. De ceux patinés par plusieurs générations d'usage des choses et des bonnes manières.

En conséquence, et pour le confort de la bonne marche du monde, vive la réhabilitation de la vraie paysannerie, vive la réhabilitation des authentiques gens de labeur, de sueur et de corvée : ouvriers agricoles, ouvriers de la construction et de l'industrie.

Vive la réhabilitation des marins-pêcheurs, des gens de mer dans leur ensemble, des tourneurs, des ajusteurs, des chaudronniers, des mécaniciens, des plombiers, des déménageurs, des routiers, des manutentionnaires, et même des dératiseurs !

Vive la réhabilitation des créateurs, des artistes de tous poils, poètes, écrivains, peintres, dessinateurs, sculpteurs, plasticiens, compositeurs, gens du spectacle, cinéastes, photographes, décorateurs, paysagistes, médecins pour la santé plus que pour la médecine et les laboratoires, couturiers, concepteurs.

Et vive aussi la réhabilitation d'une fraction de la très grande et de la plus digne des bourgeoisies ! De celle cultivée, non dogmatique et finement pétrie par toutes les modalités d'un monde coagulé dans le rétroviseur d'une société moribonde. Oui, vive cette grande bourgeoisie-là, non étriquée, souvent détentrice d'une immense simplicité et capable d'actes humanistes et non ostentatoires, de délicatesse, de courtoisie et d'un beau parler.

Mais avec les parvenus, les nouveaux riches, les récemment promus sous-off de l'ordre social dominant, les prétencelards incultes, les gros cons et les petites connes à l'esprit de revanche : méfiance ! Ces redoutables créatures, ces prédateurs, ces scolopendres de notre société, ces rats dévastateurs, ces commensaux avec la paire de ciseaux mais sans la longueur d'étoffe, avec ces capables de tout, avec ces frimeurs : méfiance ! Avec ces individualistes sans individualité, du moins pour la plupart : méfiance ! Avec ces termites à deux pattes, présents dans tous les interstices de quelques secteurs privilégiés : ceux de certains commerces, notamment dans la fripe, la coiffure, les salons de beauté, dans l'immobilier, dans les transactions, dans la publicité. Avec tous ceux-là, méfiance ! Mais aussi, et dans le genre, que de gros cons et que de petites connes dans les télévisions et les radios, le fief, pourtant, de quelques respectables professionnels, malheureusement minoritaires. Donc, là aussi, méfiance !

Et, soudainement, devant moi, une femme ébouriffée, peut-être ébouillantée par le destin, les yeux révulsés décalqués sur le ciel des Sorayades, la poitrine glissante comme des marches en marbre recouvertes de poissons non écaillés, les lèvres rétractées et peut-être même punaisées de l'intérieur, le regard pathétique en accordéon, religieusement boitillante, les allures gravement écologistes, le sourire mièvre très éloigné de l'orgasme, les mains madréporiques, le parler grammatical, la peau grumeleuse, bref, tout pour une esquive courtoise du moindre embryon de conversation !

Et pourtant !

– Docteur, pourquoi une telle prépondérance, dans le monde des hommes, à la libre circulation des bas instincts et de la haute sottise ?

– Peut-être parce qu'entre les malthusiens, à juste titre ennemis de la surpopulation, et l'immense savant et poète Omar Khayam, épicurien pessimiste, mais grand jouisseur de la vie malgré tout, nos contemporains immédiats, ces naufragés par la force des choses, en pleine recherche de leurs repères partis en déliquescence.

– À titre de récompense et de franc remerciement pour la pertinence de votre réponse et pour un tel regard lucide sur notre monde, cher docteur, de ma part une petite gâterie buccale dans les toilettes ?

– Quel sens du tête-à-queue dans votre discours, chère Madame ! Inouï votre comportement ! Une attitude de psychanalyste opérationnelle sur tous les fronts ! Mais, avec une redoutable indiscrétion, votre métier ? Dans les roubignoles ou dans la pimprenelle ?

– Ni dans les coloquintes, ni dans la plante herbacée, pas plus d'ailleurs que dans le rutabaga ou dans le topinambour, mon cher docteur ! Mais dans une discipline beaucoup plus encombrante pour l'esprit !

– Laquelle, chère villégiatrice du train de nulle part ?

– Celle des devineresses, des pythonisses, de la science tarotique, des adeptes de Papus et même d'Allan Kardec ! Des voyants en quelque sorte…

– Pour ma part, chère amie, aucune contre-indication ! Pourtant, la Faculté de médecine, jalouse de toutes ses prérogatives, sanglée dans le pyjama de ses certitudes, hermétiquement fermée aux sciences de la marge aux effets non reproductibles à souhait.

– Mon cher docteur, le monde médical, en Occident, bougrement évolué dans certains domaines mais encore immergé au plus profond des ténèbres dans d'autres. Quant à la vérité, dans ce domaine comme dans d'autres, à l'image de l'espoir, une cartouchière sans munitions !

– Merci, chère amie, ma chère, vous, mon deuxième silex tombé dans ma main pour la possibilité d'une étincelle dans le terrain rocailleux de ma réflexion !

Après ingestion de propos si mesurés, une idée perverse et saugrenue à l'orée de mes immédiates préoccupations : cette chèvre gentiment de la déglingue, peut-être cornaquée par un ecclésiastique tortionnaire, par un gourou prosélyte, par un manieur de fouet ou de ceinture cloutée, mais à coup sûr pas par un marchand d'édredons d'un quelque marché aux puces.

Comme toujours, comme dans la vie ma poule, rien de coagulé dans la transparence des choses ! Peut-être qu'une idée de brocard, de frondeur, de moqueur à temps complet. Et puis, pour la pâmoison mentale, cette pouliche, vraisemblablement une sans culotte, pour une flatterie d'écrevisse entre deux propos pseudo-philosophiques !

Mais au regard de l'ampleur du ciel dans le vif des Sorayades, quelles mesquines pensées que toutes ces tracasseries monstrueusement d'un sous-ordre !

– Docteur, une dernière et ultime question ! Pour vous, la médecine du futur, un doute ou une certitude ?

– Merci Madame ! Pour moi, de l'avis d'éminents chercheurs et praticiens, les docteurs Marie-Laure B. et Jean-François B., toutes les pathologies, les plus incurables comme les autres, dans les parasites ! Nulle part ailleurs que dans les parasites !

– Voilà, Docteur, une démarche novatrice, émancipatoire, éclairante ! Mais les laboratoires pharmaceutiques dans cette révolution pour le bien de la santé, leurs réactions ? Et le Conseil de l'Ordre dans tout ça ?

– De part et d'autre, la grimace ! D'ailleurs le docteur Marie-Laure B., la poudre d'escampette ; obligation de refuge dans des pays plus ouverts. Cette nobélisable, une pépite, un cerveau hors norme, une très grande Dame, une apporteuse de résultats ! Avec elle, pas de médecine invasive, pas de risques postopératoires ; un diagnostic en béton ; et kaput les méchants parasites ! Avec elle, tout à la carte ! Quelle révolution !

– Donc, pas d'anesthésie ! Pas de coups de bistouri ! Pas d'immobilisation ! Plus de séjours à l'hôpital ! De la science fiction en quelque sorte ! Et le docteur Jean-François B. ?

– Lui, un excentrique de haute volée ! Un hors clan ! Un chercheur de la marge positive ! Toujours immergé dans sa science des « omiques ». Un novateur de première instance ! L'un des grands maîtres de la médecine préventive ! L'une des plus éminentes lumières du bilan de santé P4 ! Sa communication dans *Pro Aging Europe Congress (Brussels – 20-23/03/2014)* un morceau d'architecture majeur sur la médecine en marche ! Pour lui, *La médecine personnalisée : protéomique et au-delà* (titre de sa communication), plus qu'un défi, une évidence !

– Donc une porte ouverte sur l'art médical de demain ! Une véritable révolution !

– Bien de votre avis ! Une entrée fracassante des nouveaux Jules Verne dans le domaine de la santé ! Une révolution mondiale sous peu de temps, très peu de temps ! Du moins un humble point de vue de ma part !

– Docteur, peut-être tout bientôt une clé pour l'immortalité ?

– Pour moi, Chère Amie, avec une guerre efficace livrée aux parasites, une certitude !

Sorayades rho

Toujours en progression dans ce couloir, vers un autre wagon. De passage devant un compartiment amplement ouvert, une effervescence d'une inquiétante nature autour d'une intouchable créature. D'une encouragée ! D'une subventionnée ! D'une prioritaire à tout prix !

Rien d'autre qu'une mère de famille dans toute son horreur ! Le prototype de l'outil démagogique du politique de base ! Le prétexte ambulant des laquais de la vie sociale ! Une véritable ruche autour d'elle : plus de six moutards aux cris de putois et de cacatoès ! Des sautillements simiesques et, pire encore, des effluves de pipis et de cacas ! Dans ce compartiment maudit, des relents de couches inracontables, de langes urineux et courageusement imbibés, de biberons baveux… Et elle, les seins gonflés, le menton autoritaire des gens fiers de leur bon droit, un môme dans un bras, un deuxième sur ses genoux. Et quatre autres entre, grosso modo, sept et trois ans, à pieds joints sur les banquettes !

Quelle colonisation !

De plus, elle, vaguement en grossesse…Une professionnelle de la maternité ! De l'élevage, en quelque sorte ! Encore une vedette de nos institutions. Une figure emblématique d'un pays en marche avec du mioche partout, jusque dans les spots publicitaires. Un pur produit des démocraties libérales. Attention à la paranoïa dans le domaine de la natalité ! Méfiance devant les allaiteuses excessives ! Contrairement aux arguments fallacieux des bonimenteurs de la politicaille, le culte du moutard : un véritable fléau pour les sociétés futures ! En France, par exemple, suffisamment de bouches, suffisamment de culs, suffisamment de queues, suffisamment de vagins ! Moins que dans certains pays en voie de développement, certes ! Néanmoins, les mises bas, stop ! Pitié ! La baise, rien de mieux, certes, mais le polichinelle dans le tiroir : non ! Donc, les génitrices un peu trop récidivistes, plus question ! Et pourquoi pas pour elles une lourde sanction ? Parfois même le biberon à vie dans un parc pour mioches et, dans les cas extrêmes, le rétablissement, et à titre exceptionnel, de la peine de pendaison à des berceaux ou à des poussettes !

D'ailleurs, dans mon optique, pas toujours partagée, la transformation des crèches et des pouponnières en chenils, ou en centres de psychothérapie pour bergers allemands, dans l'absolu, pourquoi pas ? Pour ma part, aucun état d'âme pour un tel projet, bien au contraire !…

Parvenu au bout du wagon, entre les toilettes et le soufflet du passage vers une autre voiture, un espace vital plus appréciable que dans le couloir.

Mais là, pire que tout !

Horreur et damnation !

Une autre mère de famille…

De nos jours, un statut comme un autre ! Mais elle, poussette en avant, avec des airs de dinde psychotique dans son rôle. Alors, dans les labyrinthes de mon cerveau affligé, le prêt, à cette insupportable créature, d'un monologue affligeant mais rigoureusement possible. Donc, un tour de manège à l'œil avec un rôle approprié pour cette génitrice, peut-être touchée par le mutisme dans la vie quotidienne, mais peut-être aussi pie bavasseuse comme pas une :

– Du vent ! Du balai ! De la place et plus vite que ça, pour moi, prioritaire avant tout, avant vous ! La preuve : mon mioche ! Et quelle merveille que ce bâtard non désiré par son père ! Tout comme par moi, d'ailleurs ! Mais aujourd'hui, quelle aubaine ! Une carte d'absolue priorité gratos, des aides et de la considération de partout. Enfin, me voilà respectable aux yeux de la loi, des Institutions, et de tous les gens prétendument normaux, bien intégrés, humains et bâtisseurs d'avenir. Donc, de la place, de la place, de la place pour mon mioche !

Alors, la mégère hargneuse, avec son bouclier hurleur, forte d'elle, de son bon droit, et consciente du regard complice, niais, bêtifiant et ridicule des béats de passage, des ventres mous en plein aveuglement. Pas de quoi pourtant ! Dans la caboche de cette génitrice, une seule préoccupation :

– Mon chiard de moutard avant tout ! Pas de pitié pour les autres !

Plus vrai que vrai, car avec cette merluche, aucune pitié pour les vieillards, les stropiats, les impotents et toute la cohorte des voyageurs bons payeurs plein tarif ! Des cons, en quelque sorte…

Une confidence, mais cette fois à voix haute : le culte du marmot, ras le bol, ras le cul, ras les baskets !

Et elle, toujours elle, les roberts lourds, le visage flasque aux reflets verdâtres, le déhanchement emphatique et bulldozérisé, le cul en forme de bassine, une authentique marmite mérovingienne !

Quant à son prétexte à tant d'insolence, pas de sa faute le pauvre gosse, un lien de parenté visible avec certains mammifères primates comme, par exemple, le gibbon, le babouin ou le semnopithèque. Rien de plus logique avec une telle génitrice ! Trop de mères, légitimes ou illégitimes (pas mon problème), comme elle dans nos trains, dans nos lieux publics, sur les trottoirs encombrés de nos villes. Encore une tête d'ânesse, une nargueuse de la priorité des autres, de celle, par exemple, des automobilistes, des motocyclistes, des cyclistes. Les feux rouges pour piétons, pour ce genre de mégère, rien de plus qu'un pet d'écureuil sur une toile cirée à la sortie d'un réfectoire pour bâfreurs de ragougnasse ! Facile, avec de la marmaille comme rempart, comme barbelé électrocutant ! Oui, rien de plus facile pour les truies, les laies, les mal cortiquées, les petites caboches preneuses d'otage du bon droit des autres, les kamikazes du berceau, les terroristes de la poussette, les raclures de poubelles soixante-huitardes et toutes les grandes bécasses fortes de leur impunité avec, comme arme suprême, leur progéniture.

Belle mentalité ! Cocorico !

Entre nous, dans ce train de nulle part, l'image même d'une France bien décatie, élimée tous azimuts, tondue, insultée mais toujours accueillante. Oui, accueillante jusque dans l'utérus de ses oies les plus goulues ! À la bonne heure, les pétasses, les grognasses, les pondeuses ! Car pour elles, aucune différence entre un berceau et une tondeuse à gazon. Pour moi, si, au contraire une grande, une très grande différence : l'utilité de la tondeuse à gazon !

La marmaille, les génitrices abusives de leurs pouvoirs, bref, le monde des chiards, des mioches, des moutards, des marmots, des lardons, des engrossées aux yeux exorbités, pas du tout mon aquarium !

Alors, un bandeau mental sur les mirettes, le nez bouché, au plus vite vers un autre wagon !

Sorayades Sigma

Dans le premier compartiment de l'autre voiture, vide par chance, me voilà enfin assis. La marmaille et la tronche des génitrices, plus que des vapeurs de nausée dans le tiroir de ma mémoire immédiate.

Soudain, une irruption complètement inattendue !

Celle d'une affolée du popotin, à première vue grande receveuse de coups de reins ! Le cul serti dans une jupe privée du moindre soupçon d'aisance. Oui, d'une jupe ras la moule d'un vert de piètre qualité. De l'écologie pour batraciens de vivier fétide ! Elle, une juteuse de premier cru. Pas de la race des pouffes, la môme ! Simplement, une donneuse de jouissance avant les premières prémices de bandaison. Avec elle, à coup sûr, pas de prolégomènes ! Du barbaresque grand écran ! Mais accouplée à des mâles de son choix, donc de sa pointure en vulgarité. À l'évidence pas une coïteuse avec des torturés de la gamelle, des fanas de Huysmans, d'Apollinaire ou de Tristan Tzara.

Cuisses à la lisière de la franche ouverture, voilà maintenant la chèvre, la femelle en quelque sorte, assise à son tour, face à mézigue. Le regard marsupial. Les seins souvent essartés car en forme d'œufs sur le plat sous un corsage rose bonbon d'une insolente transparence. Rousse telle une peau de renard, mais la tignasse en bataille et les hauts talons argentés mal emboîtés. De ce fait, peut-être de retour d'une enfilade dans les toilettes…

Et moi, plongé dans *Les Déliquescences* d'Adoré Floupette, l'air de rien. Mais pas froid aux mirettes, la môme :

– Monsieur, une cigarette pour votre lecture ? Et déjà son paquet de cibiches tendu jusque sous mes yeux.

– Merci, Mademoiselle, pour moi, de la lecture sans cigarette.

– Et pour moi des cigarettes sans lecture. Les bouquins, pas la tronche à ça, vraiment pas ! Mais à propos, vous, l'intello, quelle utilité que la lecture ?

– Pour un enrichissement personnel. Par plaisir. Par curiosité intellectuelle. Par besoin. Par culte d'ouverture d'esprit. Et parfois même par nécessité !

Un peu comme l'amour, alors ?

– L'amour avec un grand « A » ou l'amour avec un petit « a » ? L'Amour avec un grand « Q », comme le Sanglier de chez Sanglier, ou l'Amour avec un petit « q » comme les politiques simplement pour la photo de famille ?

– Aucune idée ! L'amour dans n'importe quel caractère et dans n'importe quel corps ! Mais pour vous, docteur, l'amour dans la bouche, avec un grand « A » ou avec un petit « a » sur la banquette ?

– Voilà une question bien embarrassante, chère Demoiselle ! Parfois l'un, parfois l'autre. Parfois les deux. Tout comme ailleurs, après tout, comme sur une pierre tombale, dans une Église ou dans un Temple maçonnique !

– Complètement louftingue, votre baratin ! Très peu pour moi, pas une minute de plus dans ce compartiment avec un fêlé de votre espèce, peut-être même un maniaque, un sadique, un violeur en cavale, un ignoble blasphémateur !

Et la sauterelle enragée, aux relents de sperme et d'eau de toilette, à l'évidence une créature caractérielle, une personne psychologiquement naufragée, d'un bond déjà dans le couloir.

Ouf ! Enfin seul avec mon livre, lu et relu moult et moult fois.

Entre temps, le train de nulle part, avec ses progressifs ralentissements, déjà immobilisé dans une gare de fortune avec, néanmoins, quelques cercueils d'une ridicule petitesse posés sur des tréteaux.

Cette fois, le bilan funéraire un peu maigrichon : trois chiens, deux chatons, un vieux matou et quelques enfants !

Alors, debout, vitre baissée, pour la désaltérante vision de ma pathologique curiosité.

Des gens ! Oui, pour le coup, des gens, et lesquels !

Avec le stéthoscope de ma vision des choses, une rapide auscultation de cette gare malgré tout assez remuante. Clameurs, crissements et brouhaha au coude à coude sur ce quai de l'imminent ébranlement du temps, avec sa cohorte de voyageurs stéréotypés, laids par la force des choses et anonymes de surcroît, tous plus ou moins des têtes de gaufres un peu rances.

De la vulgarité corsetée par une courtoisie sur confection, parfois de la pédanterie ostentatoire sur ces gueules d'empotés plénipotentiaires, de mollusques vaseux. Simplement des odeurs progressivement agressives derrière la palette des émanations ferroviaires. Des ricochets d'eau de toilette, de naphtaline, de sirop, de pommade, de suppositoires, de pets honteux et inassouvis, d'aisselles négligées, de territoires intimes douteux, mais aussi des haleines de dentifrice et de petits déjeuners précoces. La vraie vie, en quelque sorte !

Soudain, sur le ballast juste en face de moi, entre deux rails, donc en vis-à-vis du train de nulle part, un rat ! Un superbe gaspard de la famille des Rattus Norvegicus. Ce surmulot goguenard, pour lui quel spectacle dans sa danse aux entrechats profanes devant cet incessant défilé avec quelques affligeants spécimens au cœur de cette humanité de service ! Pour lui, pas de doute, la société des hommes, un calvaire pour les hommes eux-mêmes ! Aujourd'hui, guignol gratis pour cet audacieux muridé ! Mais guignol dans le genre sinistre ! Les acteurs comme les figurants, tous de redoutables et terrifiants prédateurs plus rongeurs que n'importe lequel des villégiateurs de nos égouts, que tous les charognards de nos abattoirs, de nos salles d'opérations, colporteurs en lambeaux de chair sanguinolente.

Désolants petits hommes de la planète Terre !

Eux, les authentiques chacals d'un monde en déconfiture ! Des rats approximatifs avec le panache en moins ! Bref, lui, le voyeur, un seigneur des ténèbres quelque peu matinal pour une levée de rideau sur un parterre d'échancrés de la création, de caramélisés par les Systèmes ! Pour preuve, leur fascinante et généreuse médiocrité passée à la varlope de la pensée unique, des courants dans le sens des déjections de l'Histoire, des modes les plus à la mode, du culte du football par exemple, cette nouvelle religion.

Pour nous, dans un futur proche, et même immédiat, des lendemains sans encolure, une certitude !

Au même instant, en poussive déambulation sur ce quai, une nouvelle incarnation des enfers, du moins pour un gaspard un tantinet croyant.

En effet, un gnome grogneur en plein travaux masticatoires, sandwich à la tomate dégoulinante dans une patte malpropre et craquelée comme le dos d'un crapaud desséché par un soleil noir et forcément surréaliste. Au bout de son bras en zigzag, sur l'autre versant de sa chétive personne, une serviette en cuir doctement rétro et boursouflée à outrance, telle une vache trop pleine. Le veau imminent !

Après tout, pourquoi pas ? Cette épure d'être humain, avec des yeux migrateurs affolés, un museau de tanche et des jurons dans sa bouche pleine et postillonnante. Pas de sa faute, certes, mais malgré tout un anti-Don Juan, un soupirant toujours possible pour une Esméralda de pacotille ! Voilà l'insupportable injustice du métier d'homme à temps complet, provisoire locataire de la planète Terre, avant l'exode final vers un Ailleurs majuscule encore plus inattendu que l'univers des gares de triage, des wagons de marchandises, des bagagistes, des rails à perte de vue, absents, néanmoins, de toute cartographie ferroviaire.

Pour les plumitifs et autres littérateurs en quête d'inspiration, voilà déjà le titre d'une fable à succès : *Le Gnome et le Rat.* Du bandatoire pour les intellectualistes et les bécassines de salons avec, dans le gosier, et d'une voix pointue de pétasse de moindre culture, des exclamations de ce type :

– Oh ! Ma chère, quelle horrible chose, mazette ! Un rat, un gros rat ! Un rat gros comme un lapin ! Et quelle idée, dans un titre, que cette répugnante association avec un gnome !

Ou, mieux encore, de la diarrhée verbale commune à celle répandue dans certaines galeries de peinture lors de vernissages mondanisants :

– Le gnome, oui, le pauvre ! Son âme au Seigneur tout de suite, et sans la moindre hésitation, et une place privilégiée dans mes prières. Mais le Rat… Quand même, chère amie ! Quand même ! Quand même ! Quand même ! Ce responsable de la peste, villégiateur de nos égouts et de nos décharges publiques ! Ce grignoteur d'hosties, du croquant du nez et des oreilles de nourrissons et des doigts décharnés de grands vieillards en transhumance dans les dortoirs de nos mouroirs de banlieue. De déjà petite banlieue de la mort ! Le Rat ! Cette image de blasphème, cet anti-chrétien par excellence. Non, jamais un tel titre !

Derrière ce gnome lucide dans l'étrangloir de sa profonde malédiction, mais pas forcément mauvais bougre, un freluquet de dindonneau à la ressemblance avec n'importe qui, avec n'importe quel sombre petit bureaucrate, couard par vocation, avec en permanence dans sa toute petite tronche le spectre du chef, la crainte de la sanction, du rapport à sa hiérarchie, du retard dans l'avancement.

Tout un programme !

Ce gallinacé bien propret, un point d'honneur ! Mais pour qui ? Car rien d'autre dans sa musette ! Inquiétant ! Très inquiétant, mais pas surprenant ! Comme ceux de son espèce, emmaillotés dans la grisaille d'un costume sur confection. L'un de ces innombrables non couillus. Un authentique dindonneau d'élevage en batterie pour la consommation. Donc un animal javellisé, rincé, essoré, sans jugement personnel, sans recul sur les choses. Un mouton empanurgé et inespéré pour le soutien inconditionnel à n'importe quel gouvernement ! Un authentique commis voyageur des idées d'une société accroupie. Une voix de plus pour le culte du politiquement correct.

Et un mulet de plus, chef !

Chaud devant !

Un de plus pour la fosse commune ! Et un de plus pour la statistique juste et parfaite du bétail humain embouti à la chaîne !

Ce dindonneau, encore un automate bien programmé, carte d'électeur en poche et fier de cette marque de citoyenneté !

Quelle mascarade ! Et pourtant, que de bêtes à urnes comme lui ! Quelle infâme tromperie derrière les barbelés des lois, les miradors de la pensée ! Décidément, ce dindonneau un apôtre de la sottise téléguidée !

Mais ce genre d'individualiste de grande surface, dans la société française d'aujourd'hui, bien mieux protégé, considéré et admis par toutes les institutions qu'un poète ou qu'un artiste. Au royaume des petits gris, des baisseurs de froc, normal !... Car un petit gris comme ce freluquet de dindonneau, utile et même nécessaire au bon maillage de la vie sociale et politique.

Et ce dindonneau bien congelé par les vents dominants, aucun relief, pas même une belle difformité, ou une allure de dépenaillé avec du chic dans le regard, d'artiste pas forcément, plutôt de quelqu'un avec quelque chose. Bref, avec une personnalité bien à lui ! Donc, à la trappe dans ce répertoire de voyageurs !

Les petits cercueils gueule ouverte déjà presque gavés. Car, comme toujours, comme dans la vie, l'arrivée pour certains, le départ pour d'autres !

Comme dans la vie, ma poule !

Et les mêmes crachotements dans les dégueuloirs de haut-parleurs :

– Sept minutes d'arrêt ! Sept minutes d'arrêt !

Sorayades tau

Et moi, toujours aux premières loges ! Idéal spectateur d'un monde en pleine arythmie. D'un monde en proie aux forces déviatrices. D'un monde détricoté jusqu'à la trame. D'un monde dépenaillé tel un gabelou face à une écumeuse bitumeuse dans un rade équivoque. D'un monde déchaussé comme une dent scorbutique.

En étrange conversation sous la fenêtre de mon compartiment, le héros d'une histoire aux prétentions immortelles et un résidu de galant homme à la fortune rétrécie. Tous deux de vieux chnoques aux allures dignes et respectables. Mais derrière cette rassurante façade, peut-être des ordures patentées, des sous-merdes, des escobars, des rastaquouères déjà moult fois enchristés, des petites têtes de gros calibre :

– Et pour vous, cher ami, la vie une certitude ou un point d'interrogation ?

– Pour moi, la vie, un but pour les uns, un cheminement pour les autres. Voilà toute la différence entre Hitler et Picasso !

– Audacieuse comparaison entre les objectifs d'Hitler et le cheminement de Picasso ! Mais, pourquoi pas ? Entre nous, un peu fastoche votre analogie de potache attardé ! Dans une chambrée de diminués mentaux, le succès assuré !

– Alors, vous, si fortiche, peut-être une autre proposition mieux appropriée ?

– Mieux ? Voilà un mot bien singulier ! Proposition, oui, mais différente, très certainement.

– Comme, par exemple ?

– Comme Landru, ce chaud militant pour la femme au foyer, et saint François d'Assise !

– À ce compte-là, pourquoi pas entre Staline et Gandhi ?

– Effectivement, pourquoi pas ? Dans le fond, strictement aucune importance car, en fait, cher ami, pour moi, la vie, un jeu ! Mais avant tout, un jeu d'osselets !

– Enfin ! Merci de la livraison de cette plaque de marbre intime exhumée de vos entrailles. Voilà une sépulture mentale férocement à mon goût. De la concurrence pour les ensevelisseurs, et les professionnels de la couronne et du chrysanthème !

Rare, une telle conversation sur un quai de gare ! Pour le coup, une brève description de ces deux personnages complètement débranchés du standard des réalités de la vie quotidienne. Mais peut-être, après tout, dans leurs propos, que de la gratuité verbale, que du vent en trompe-l'œil ? Peut-être aussi des voyageurs en panne de banalités ? Chose inhabituelle, certes, car avec le merveilleux, toujours des improbabilités. Et pourtant !

Le premier, un homme aux yeux froids, plus graves qu'un accent, mais encore envahis par la nuit. Ce septuagénaire costumé en confection, à la cravate mesquine, aux tempes et à la nuque rabotées, porteur d'un triste bagage de la main gauche.

Et l'autre, à l'évidence un infortuné en ruines comme une épave chahutée par les remous et les clapotis d'une existence disjointe de partout ! Peut-être l'une des inconsolables victimes d'un divorce indigeste, d'un décès encore coagulé dans les corridors de sa mémoire, d'une faillite en quelque chose, ou encore un essoré du tapis vert ou un déferré du turf, devenu perdant et déplacé. Peut-être aussi un quémandeur d'amour, rescapé d'une relation sur pilotis. Bref, un long-courrier de la vie, cabossé, embouti, éraflé de partout, à la carlingue lourdement endommagée par les différents vols de rapaces, mais aussi par les mouettes en prières sacrificatoires prises dans les hélices du destin !

Et maintenant, juste derrière eux, un boiteux filiforme dans la soixantaine suffisante, avec des airs d'aristocrate d'arrière-boutique. Un chalazion magistral sur l'œil gauche, et l'œil droit à demi fermé par un ptosis vicieux et cyclothymique. Un livre de vulgarisation sur la franc-maçonnerie de la main droite. Avec, bien évidemment, une première de couverture racoleuse et bandatoire pour les victimes du bourrage de crâne en quête de révélations sulfureuses et compromettantes sur des personnalités hautement médiatiques.

Les ânes ! Les bourricots ! Les redoutables !

Alors moi, humble passager de ce train de nulle part, du haut de mon compartiment, d'une voix volontairement bien martelée et teintée d'une innocence cloutée et ferrée dans les règles de l'art, un peu à la manière d'une vieille galoche de gamin de la dernière guerre, donc d'une époque révolue. Mais mon apostrophe, un tantinet jésuite malgré tout et presque inconvenante :

– Monsieur ! Monsieur ! Une énigme pour moi que l'équerre et le compas entrecroisés sur la très peu discrète couverture de votre livre. Un symbole souvent croisé sur mon chemin mais demeuré inconnu !

– Une énigme pour tout le monde, cher Monsieur, ou du moins pour beaucoup. Un secret, mais de polichinelle, sauf, bien évidemment, pour les frères et les sœurs trois points !

Et moi, dans le rôle du profane basique, mais aussi, et par jeu, du provocateur soucieux de la mise à nu de l'innommable partisannerie (et dangereuse en d'autres temps) de cet âne à la mine de conspirateur, certainement plus mal averti que moi sur la symbolique de la mort d'Hiram ou sur celle du pélican, et beaucoup plus !

– Quelle déception pour vous face à ma colossale ignorance sur le sujet ! La franc-maçonnerie, un mystère pour moi !

– Pas un mal, cher ami ! Tous les membres de cette secte des magouilleurs, des fripouilles, des canailles, des arrivistes assoiffés de prébendes, des responsables de tous nos maux politiques, économiques, sociaux, culturels, car présents dans toutes nos institutions, dans tous nos syndicats ! D'ailleurs, dans les prisons de la République à la mensongère devise « *Liberté – Égalité – Fraternité* », que de frères trois points parmi les V. I. P. !

Sous cet angle, pas complètement dans le mensonge, ce crétin… De l'idée, de temps en temps, et pourquoi pas, d'une ouverture des travaux à la Santé ou dans d'autres maisons d'arrêt.

– Mais vous, cher Monsieur, pour une telle connaissance des petits et des grands mystères de cet Ordre, certainement un initié de très longue date ? Ou peut-être même un ancien Vénérable ?

Cet homme aux propos si outranciers, certainement un mauvais larron pour une meilleure compréhension de cet Ordre ? Encore un farfouilleur dans les poubelles d'une Histoire misérablement écrite par des dogmatiques ignares.

Alors, de sa voix de ciguë, encore une louchée de fiel :

– Quelle insulte ! Jamais de la vie ! Moi, franc-mac ! Moi, avec un grand-père croix de feu ! Moi, avec un père vichyssois et grand admirateur du Maréchal ! Moi, suprême admirateur de l'Empire colonial ! Moi, fervent défenseur de l'Église apostolique et romaine ! Moi, défenseur, si possible les armes à la main, de l'Ordre moral et de la Tradition ! Moi, frère trois points ! Et puis quoi encore ? Monsieur ! Quelle insulte !

– Pardon d'une telle offense due à mon immense naïveté et à ma vaste inculture dans le domaine de la franc-maçonnerie ! Mais une question : vous, si érudit en toutes choses, du moins dans l'apparence, et notamment à propos de cette école philosophique, à l'évidence loin de votre cœur et de vos préoccupations, pas un peu facho sur les bords ? Et surtout, pas dramatiquement con et dangereusement fier de votre redoutable connerie ?

Alors, ce potentiel voyageur, anesthésié par ma réplique, en furieux bêlements lancés à la cantonade :

– Quelle époque ! Plus de respect ! Plus d'éducation ! Plus de sens des valeurs !

Et lui, plus boiteux que jamais, de la fratrie des déglutineurs d'excréments, de caricatures pour collectionneurs d'insectes rares et malfaisants, avec sa même litanie :

– Quelle époque ! Plus de respect ! Plus d'éducation ! Plus de sens des valeurs !

Et de loin en loin, avec des échos de plus en plus amortis, cette rengaine devenue si insupportable que des croque-morts pour chiens, excédés, solidement muselés, soudainement en pleine précipitation sur lui. Et depuis, dans le cimetière triangulaire pour animaux de cette bourgade, gravée en caractères bâtons sur une pierre tombale en forme de bidet, triangulaire lui aussi, avec un œil au fond, cette épitaphe :

« À un boiteux verbalement mordeur, mais devenu simple d'esprit par méconnaissance des choses. Donc pour lui, par pitié, jamais de *résurrection ! »*

En fait, la compréhension de cet Ordre initiatique par la voie livresque ou du pipi de rat dans un Stradivarius, la même chose ! Le passage sous le bandeau, le cabinet de réflexion, le testament philosophique, la cérémonie d'initiation, l'égrégore, le silence de l'apprenti, la chaîne d'union et toute cette trajectoire initiatique entre le premier degré et le trente-troisième, entre le bleu et le blanc, du vécu, et avant tout du vécu.

Toutefois, une armature, un moule, ou plutôt, simplement des ridelles ! Oui, des ridelles, ou un châssis à claire-voie, de chaque côté de la charrette pour le maintien de la cargaison. Mais après, à chacun la qualité de sa pâture et le plein choix de son chemin d'évolution !

À mon plus grand étonnement, l'entrée subrepticement, à pas de greffier dans mon compartiment, d'une sorte de chat de gouttière à deux pattes, moustachu en diable, silencieusement ricaneur et prêt, lui aussi, en qualité de témoin discret de cette scène entre le boiteux et moi, à un feulement contre ce redoutable crétin.

Et le voilà parti dans un discours intrépide à mon endroit :

– Cher Monsieur, salve d'allégresse pour votre intervention ! En fait, la maçonnerie, une très vieille histoire issue de la tranchée égyptienne, templière et compagnonnique. Tout le reste, du baratin, de la propagande, de la désinformation !

– Mais alors, cher voyageur du train de nulle part, vous si instruit en la matière, pourquoi, par une certaine fraction de la population, tant d'acrimonie, et le jet de tant d'anathèmes sur cette école philosophique réputée et, malgré tout, si mal connue ? Incompréhensible pour moi !

– Parce que dans l'esprit des sots, des incultes, des obtus, des dogmatiques et des rustres, cet Ordre : une sorte de dangereux contre-pouvoir.

– Et sur les prétendus magouilleurs, les combinards, les spéculateurs, les affairistes présents dans cet Ordre, vos conclusions ?

– Statistiquement, un faux problème. Un groupement d'hommes et de femmes de bonne volonté infiniment moins dévoyés que dans bien d'autres milieux ! Par exemple que celui des politiques, des financiers, des marchands de biens, de la fonction publique dans les strates supérieures, des arnaqueurs parmi les professionnels de la transaction, et de toutes les lourdes institutions et puissantes associations donneuses de leçons, maquillées le jour et démaquillées la nuit. L'essentiel, pour les plus prestigieux comme pour les plus modestes, la construction de l'édifice et, en tout premier, celle de leur cathédrale interne, ou de l'édifice de leur choix, le partage de la lumière, de la solennité, du sens profond du rituel, de l'exaltation. Et puis, et avant tout, le sens de la fraternité.

– Donc, à votre avis, ce boiteux à la lecture bancale, à sa juste place dans un champ de repos pour animaux, et bien enfermé dans une boîte à toutous ?

– Pour moi, aucune tolérance avec ce type d'individu ! Et sur sa tombe, pas même de ma part un chrysanthème pour chien !

– Pourtant, dans mon esprit, la tolérance : la vertu cardinale des francs-maçons ?

– Une remarque de laxiste de l'autorité digne de la petite gauche larmoyante et rosâtre, inefficace, rêveuse, revancharde et trou du cul, mon cher docteur ! Indigne de vous, une telle bévue ! Pour moi, pas de tolérance sans rigueur, pas de rigueur sans discipline, pas de discipline sans sanction, donc pas de tolérance sans sanction ! Et puis, la tolérance, outre le fameux mot attribué à Claudel, des maisons pour ça, une mission et non une démission.

Ce moustachu, certainement un rat de loges, un apparatchik du Système, un esbroufeur du cordon !

Donc, pour moi, stop ! Ras le tablier !

Au diable triangulaire que ces donneurs de leçons, profanateurs d'acacia ! Sans distinction d'obédience d'ailleurs. Bien que parfaitement d'équerre avec sa conception des choses, malgré tout, pas de mon aquarium ce professionnel de la maçonnerie avec une pierre brute dans les méninges !

– Bon voyage, cher Monsieur, et merci de vos propos si imprécis et néanmoins enrichissants sur un Ordre certainement peuplé de boy-scouts assoiffés de reconnaissance, mais aussi, notamment dans les ateliers bleus, d'hommes et de femmes de bonne volonté, de fraternité vraie et en attente de rien, sinon d'un peu plus d'harmonie en eux-mêmes.

Et le lascar au triangle peut-être en tatouage sur les fesses, enfin sorti de mon compartiment.

Ouf !

Lui, aucun doute possible, un troufion de la chose, un contaminé du pouvoir ! À l'évidence pas un Mozart, pas un Goethe, pas non plus un Voltaire ! Un bouffeur de cochonnaille avec des histoires bien grasses plein la truffe, le tout dans une salle humide de préférence ! Pour moi, finalement, l'un comme l'autre de modestes voyageurs, à l'identique de tous les autres mulets dans ce train de nulle part. L'un, plus curieux que certains, du moins dans l'apparence, certes ! Mais, néanmoins, pas moins dans les hauts grades, mais seulement dans le registre de la connerie miéleuse ! Un peu plus même, car un esprit prêt à l'emploi pour le pire ! L'autre, aussi bien de la graine de cardinal pervers que de trente-troisième à l'étouffée ou même de général aux pompes funèbres. Mais pour lui, le gentil, du grade avant tout ! Même, peut-être, comme certains et certaines, au prix de quelques écrasements de pieds au passage… De quelques fraternels coups de latte dans les coloquintes !

Et maintenant, avant le départ du train de nulle part, à la volée, un dialogue pour le moins inhabituel entre une chèvre pas très douée pour la bagatelle et un vieil homme barbu à la frappante ressemblance avec le grand Tolstoï. En fait, une disciple et son gourou.

– Maître, pourquoi ce monde usé aux multiples écaillures, aux innombrables souillures, aux permanentes fractures ?

– Malheureusement, ma chère impétrante issue de la plus lointaine tradition, parce que les hommes d'aujourd'hui, les pires comme les meilleurs, tous avec des tonnes de déveine sur leurs épaules. Tous, par exemple, porteurs des menottes du nucléaire. Mais tous pestiférés mentaux par le virus de l'argent, du profit pour le profit, du culte outrancier et paroxystique de la réussite sociale. Donc, dans leurs bagages provisoires, aucun océan de plénitude. Dans leur âme aux poignets mentaux ensanglantés que des scories, encore et encore…

– Maître, pourquoi tant de noirceur dernière le vitrail de votre immense sagesse ?

– Parce que l'Homme, indiscutable monument d'espoir, mais encore à l'essai, aux preuves en attente. Or aujourd'hui, décevant sous toutes les latitudes !

Dialogue lénifiant, bonnes paroles, nasse, piège, collet pour les braconniers d'une philosophie au rabais !

Car la réalité dans son inexorable hideur, autre chose ! Bien autre chose ! Hélas !

Sur le quai de cette bien triste gare garrottée dans sa grisaille ; par exemple, à la façade badigeonnée depuis bien plus d'un demi-siècle, le spectacle du théâtre des hommes : un four intégral ! Une mascarade, un nanar de première classe ! Un éreintement pour toutes les lavandières de l'idéal comme pour tous les bouviers, bâton en main, au cul de la vie. Donc, les bons mots du "sage" cagoulé dans son idéal : de la poussière d'espoir touillée dans la grande marmite d'un repas déjà bien calciné !

Pour moi, spectateur juché du haut de la fenêtre de mon compartiment, et accoudé comme sur mon guindeau imaginaire, les échantillons visibles des hommes de notre temps en fébrile agitation sur ce quai de gare, au milieu des cercueils et des fleurs sauvages opiniâtres car jaillies des interstices du macadam fissuré, craquelé, boursouflé, gondolé, explosé, oui, ces bipèdes, mes semblables en quelque sorte, des profils de honte pour l'espèce.

En voilà un, à titre d'exemple, aussi pâle qu'un urinoir de station thermale ! Manifestement en attente avant le fatidique coup de sifflet pour le départ vers un nulle part synonyme d'autres rivages. Semblable à tous les preneurs de trains de France, de

Navarre et d'ailleurs avec ses bagages inhabituels, tel un cormoran devant une pince à sucre.

Bref, un cave ad libitum au front perlé, déguisé en Monsieur tout le monde.

Derrière lui une sauterelle plus ou moins rassise, largement potelée avec un trop plein d'adipocytes, essoufflée et candidate à la scoliose. Et maintenant, comble du comble, un marmot brailleur aux trépignements convulsifs ! Quelle punition !

Tous ces voyageurs, pris à l'aveuglette dans une gare ordinaire et, toujours par hasard, observés par mes yeux attristés, des gueules de pas-grand-chose, peut-être avec des cœurs aussi gros que des tournesols, mais ça, une histoire d'aiguille dans une charrette de foin !

Plutôt des pousseurs de caddies accrochés comme des pinces à linge sur les nervures du temps. Des mangeurs de merguez charbonneuses et courageusement cancérigènes. Des suceurs de glace béats devant des spots publicitaires et bêtifiants face à des mioches à l'école du cabotinage. Des éboueurs de l'imbécillité toujours prêts au pire pour l'obtention d'une place privilégiée sur le tableau d'horreur de la redoutable norme, de la bêtassouille institutionnalisée.

Quelle fresque de la désolation que ces échantillons de la bâtardise mentale, que ces mal finis, que ces rouleurs de piètre mécanique, que ces lémuriens de matinaux départs aux rails dans leur cerveau approximatif !

Finalement, des petits hommes du siècle des ténèbres. Un siècle avec plus de pythonisses, de bonimenteurs, de faux chamans, de voyants d'opérettes que de compagnons du tour de France, de bâtisseurs intègres, de cœurs positifs, de quêteurs de vérité, de prêtres laïcs, de créateurs de toute obédience.

Aujourd'hui, avec l'inversement des pôles, de la métaphysique de comptoir érigée au rang de culte pour les cuistres de la culture officielle. Une fièvre endémique de pouvoir, et pas exclusivement chez les poissons gras de la politique ! Une frénésie galopante pour le saint Fric ! De la noblesse à rebours, avec Huysmans en moins…

Oui, ces petits hommes du siècle XXI…

Ces rescapés du siècle XX, de l'avis du barbu considéré comme un sage, des êtres décevants sous toutes les latitudes. Toutefois, les seuls et uniques monuments d'espoir dans notre temple intérieur. Mais, le plus souvent, avec de la cervelle de veau d'élevage industriel dans l'assiette, de l'égoïsme forcené dans les tripes et un iceberg à la place du cœur !

À chacun sa destination, son bief, son chemin de halage !

Sorayades upsilon

Et déjà, dans les haut-parleurs le crépitement, comme un tir à la 12X7 d'une voix nasillarde :

Attention à la fermeture des portières et des fenêtres. Départ immédiat du train de nulle part à travers les Sorayades !

Un arc-en-ciel sur les Sorayades au cœur d'un paysage de plus en plus bossu avec, ça et là, des hameaux éparpillés, disloqués, sursitaires et lointains. Pas un homme, pas une femme, pas un cheval, pas un chien, pas un chat, pas un oiseau, pas un rat, pas une araignée, pas même un enfant. Bref, aucun être vivant ! Aucun, hormis, bien évidemment, dans ce train de nulle part ! Mais aussi dans les gares, ces embarcadères pour les nouveaux voyageurs et ces débarcadères exclusivement au service de ceux de ce train en rupture de palpitations solaires, ou sursitaires de la dernière extrémité. Mais les Sorayades si bien nattées avec les tresses de l'inexplicable, toujours sur la balançoire de l'amour, de la mort et des majuscules interrogations.

Donc, et une fois pour toutes, les Sorayades : pas exclusivement un paysage mais plutôt une appréhension des choses, des espaces comme des regards.

Sorayades : un vocable nouveau pour les dictionnaires du futur !

Dès mon entrée dans un nouveau compartiment, car le précédent trop imbibé d'ondes mauvaises après le passage de la petite oie minijupée, qu'un pépère de chez pépère, style fibrome de comptoir, le groin avenant, la braguette richement décorée :

– Bienvenue à toi, toubib ! Pas pour une ordonnance, oh que non ! Mais plutôt pour des numéros. Et les bons numéros !

Ce lascar, encore un type bizarroïde. Cigare de piètre qualité au bec. La bretelle arrogante. Le menton en glissade. Une barrette délavée sur le revers d'une veste élimée : témoignage probable d'un mérite très lointain, à peine décryptable dans le rétroviseur d'un temps en voie de totale extinction. Le museau émergé d'une double page de la presse hippique.

Et moi, tout aussitôt :

– Toubib ? Pourquoi toubib ?

– Avec ton caducée dans le regard, aucun doute !

– Un *a priori* comme un autre mais, après tout, pourquoi pas… Et les bons numéros : là, le grand mystère !

– Les canassons, ton truc ou pas ?

– Le quinté de temps en temps, mais sans plus ! Car la spirale du jeu, une porte grande ouverte sur toutes les dégradations sociales, psychologiques, affectives, avec, comme point d'orgue, le suicide.

– Là aussi, mon cher toubib, un *a priori* comme un autre mais, après tout, pourquoi pas ? Pour le moment, les grands favos du jour, de l'avis de tous les pronostiqueurs, le 8, le 6 et le 3 pour la nocturne de ce soir à Vincennes. Tous, évidemment, à moins de dix contre un. Mais à Deauville, cet après-midi, de redoutables trois ans, sur un parcours hyper-sélectif. Alors, tes chevaux pour cette course-là ?

– Sans aucune hésitation, le 18, le 9, le 6, le 19 et le 20, mais sans aucune certitude !

– Quelle audace ! Pas même un favo ! Tous des ânes que ces bourrins de malheur ! Alors, de toi à moi, pourquoi un tel choix ?

– Rien de plus simple : deux dates de mort ! Celle de Verlaine, en 1896, et celle de Germain Nouveau, en 1920. Tous deux des poètes de belle magnitude.

Ce turfiste du train de nulle part, un franchouillard de la plus belle espèce. Une image d'Épinal ambulante ! Un gaulois dans le haut de gamme de la vulgarité. Vraisemblablement un handicapé de la grimpette sur le ventre de sa groseille. Peut-être même un célibataire simplement en ménage avec un chat, un chien, un hamster ou, à la rigueur, un poisson rouge. À coup sûr, une vie mal rabotée, mal épluchée, mal cueillie, mal vendangée, mal distillée et bue par la force des choses, ou plus exactement par habitude. Avec ses relents de vinasse de la veille, ses pellicules dans sa toison jaunâtre partiellement grignotée et ses allures porcines, plus à l'aise sur un tas de fumier, au pied d'une fosse à purin, qu'entre deux draps de soie avec, dans la même couche, une villégiatrice maniérée et distinguée jusque dans ses silencieuses flatulences.

Alors, ce turfiste stéréotypé, du moins dans les secteurs à dominante très ordinaire, dans un vulgaire et gras éclat de rire :

– Sacré Toubib ! Pourquoi pas la date de naissance du greffier de ma pipelette ? Avec tes conneries, le résultat des courses, avant même le départ : une envie pressante, très pressante. Merd pour ton diurétique ! Pas cher, très marrant et pisseusement efficace ! D'ailleurs, pour moi tout de suite aux chiottes pour le boa…

Alors lui, déjà debout, la braguette déboutonnée, les mains sérieusement engagées dans son pantalon en timide mais visiblement odorante dégoulinade, le sourire crispé des gens dans le besoin, avec deux dents en or à la tribune de son four.

Et moi, avant son escapade vers les toilettes, encore une banderille dans sa pseudo-logique de turfiste marabouté par ses certitudes :

– Après tout, pour le tiercé, peut-être le 18, le 3 et le 7.

– Et pourquoi ces numéros, toubib ?

– Pour un lever de couleurs, et des plus flamboyantes, sur l'espoir de la littérature russe. Pour un poulain super-doué !

– Sacré toubib, touffu, tout fou ! Vite une explication avant une inondation dans ce compartiment !

– Pouchkine ! Rien d'autre que le grand Pouchkine.

– Ce canasson inconnu par moi, pourtant un vieux de vieille des courtines. Alors, vite, très vite, quelques questions : son propriétaire ? Son entraîneur ? Son jockey ? Son poids ? Son sexe ? Son âge ? Son origine ? Sa côte ?

– Pauvre simplet même pas cultivé avec du crottin de cheval ! Adieu ! Car Pouchkine mort en 1837. Un dernier conseil : dans un jeu de cartes, attention à la Dame de pique !

Et de nouveau, me voilà seul dans le compartiment ! Autant le choix d'un autre lieu ! Donc, et au plus vite, dans le couloir, et sans état d'âme. Et pourquoi pas dans le wagon suivant, car la conversation avec le turfiste de mes deux, entre nous, un peu limitée. Bref et rebref, merci de la leçon, papi, spécialiste des hongres, des déclassés, des terrains lourds et des panoplies d'illusions !

Mais dans l'autre voiture, du pareil au même au cœur de cette pâte humaine mal recyclée, de ces hymens suspendus au vestiaire des lointains souvenirs, de ces membranes déchirées, de ces gueules de toucan au regard spéculatif, de ces sherpas de la vie quotidienne porteurs de toutes les scories du ciel et des enfers, de ces piranhas de l'industrie, de ces myxomycètes de la race aux affinités avec les animaux inférieurs, de ces poitrines prêtes à l'allaitement excessif, de ces culs au piètre vocabulaire, de ces yeux essorés par des scènes ordinaires, de ces débarbouillés de la dernière heure avec la serpillière de service utilisée à la fois comme bavoir pour le mioche et comme balançoire à minouches pour les menstrues de Madame.

Ici et là des myriades d'exclamations fétides et de monumentaux lieux communs. Quelques exemples comme preuves à conviction que ces bribes de phrases échappées des compartiments laissés ouverts.

Une dépeignée au visage ébouillanté par la vie à son molosse de tatoué en tricot de corps aux larges auréoles de sueur et en chaussons élimés :

– Attention à tes billets, tête de linotte !

Un mioche à son paternel unijambiste :

– Pourquoi une malle aussi encombrante ?

– Pour ma jambe articulée, mon gamin !

Maintenant, une génitrice en neuvième mois de grossesse au moins, à son mâle aux yeux cernés comme un terrain de foot avec des polypes sur les gradins :

– Et le casse-dalle, mon gros lapin, dans quel sac ? Et, à propos, les clés à la voisine pour le poisson rouge ?

– Oh, mince !

– Triple buse !

Bref, des banalités, aussi plates qu'un cul de nonne, hachées comme de la viande pour un hospice d'édentés. Aucun embryon de quelque chose d'acceptable sur le plan émotionnel, affectif, humoristique, poétique.

Désolante humanité !

Et toutes ces écoles, petites ou grandes, tous ces lycées, tous ces collèges, toutes ces universités, tous ces instituts, pour qui ? Pour quelle finalité ? Car ce gavage, bon gré, mal gré, ces connaissances trop grandes injectées dans des cerveaux souvent trop petits, pourquoi ? Pour des diplômes, certes ! Et ces diplômes, après tout, pourquoi ? Pour des situations peut-être ? Pour une réussite dans la vie plutôt que pour une réussite de sa vie ? Alors, encore une fois, et ces fameuses situations, pourquoi enfin de compte ? Pour la frime, pour une meilleure adhésion au culte de la différence ! Pour l'illusoire confort ! Pour la bien vulnérable sécurité de sa petite famille. Mais aussi pour ses hémorroïdes dans les meilleures cliniques. Pour la qualité du bois de son cercueil. Pour l'investissement dans un caveau ?

En réalité, les si précieux chemins du savoir, de la connaissance, et les diplômes à grands coups de pieds dans le cul, quelle pitrerie !

Quelle mascarade !

Du bourrage de mou !

Quant à l'instruction d'hier baptisée aujourd'hui « culture » : de la bouffonnerie !

Un exemple tout simple, dans ce train de nulle part un individu pris séparément, un espoir potentiel ! Pas toujours d'ailleurs ! Mais une foule, une masse, un conglomérat : jamais ! Au contraire, un modèle de barbarie, de cruauté, un rouleau compresseur imprévisible car mobilisable pour les causes les plus abjectes. Avec ou sans diplôme, avec, ou non, une appartenance religieuse, du kifkif la bourrique ! Et même de la grosse bourrique ! Car dans les piscines des philosophies, dans les viviers des convictions, dans les bénitiers des différentes chapelles, souvent de l'eau trouble, sérieusement polluée, parfois même du purin, du jus de charogne, et pire encore…

Tourneboulé par une crise de lucidité aussi paroxystique, me voilà, par un moment de faiblesse, à l'abordage d'une blondasse bâillante à plein four, aux yeux de chauve-souris, debout, avec des ongles d'un rose baveux taillés aux ciseaux de cuisine, campée au beau milieu du couloir :

– Quel échec que le métier d'Homme !

– Espèce de gros dégueulasse ! Moi, une tête de travelo ?

– Mais non Madame, une méprise de votre part. Dans mon esprit, l'Homme au sens le plus large du terme ! L'Homme dans son insularité existentielle ! L'Homme porteur de son drame, de son histoire, de sa démarche ! Mais vous un travelo, jamais de la vie, une regrettable interprétation de votre part, Madame.

– Et alors ! Jobard ! Encore un mot et ma paluche sur ta sale gueule de bourge ! Compris ?

Au même moment, une autre grognasse haute comme un lampadaire goitreux à la rescousse de sa congénère :

– Phallo de bonhomme ! Misogyne !

– Moi, misogyne ? Une drôle d'idée ! Pas pour un kopeck, Madame ! Simplement rimbaldien, corbiérien, laforguien, et accessoirement amoureux inconditionnel de la jouissance tranquille et du vice forcené.

– De toutes façons, misogyne ou pas, vous comme moi, comme nous tous, un jour ou l'autre : au bois !

– Au bois pour la bagatelle, pour la cueillette du muguet ou pour les champignons ?

– Rien dc tout ça ! Au bois des marchands de cercueils ! Les uns trop tôt, comme le bas-rouge par exemple, et les autres trop tard, comme vous !

– Merci pour le bas-rouge !

À ces mots, la blondasse devenue silencieuse depuis l'intervention de l'autre grognasse, prise d'une crise d'aboiements semblables à ceux du pauvre bas-rouge. Quel karma· ! Seulement lui, le clebs, contrairement à elle, quelle belle bête !

Au même instant, le passage, dans ce couloir déjà très encombré, d'une mémère à l'allure stricte. Une coincée de partout, et même et surtout de là ! Oui, de là... Peut-être une retraitée d'un quelconque ministère avec, sur son visage lisse, tel un masque bambara, toutes les éclaboussures d'un manque d'affect. Vraisemblablement une veuve, une vieille fille ou, peut-être même, une détachée d'un wagon conjugal par erreur d'aiguillage, mais surtout en raison de sa fièvre encaustiqueuse ! Bref, pas besoin d'un dessin ou d'un long discours ! Une pas marrante, une dépoussiéreuse pathologique, une maniaque de la miette de pain sur le plancher, une râleuse de première bourre, une imbuvable comme beaucoup de mesquines bourgeoises davantage crispées sur leur manche à balai que sur le phallus de leur régulier ! La pauvre petite âme ! De plus, certainement une teigne, une botte d'orties, un chardon piquant de partout, un oursin venimeux, un Attila de hérisson avec les autres bonnes femmes.

D'ailleurs, la preuve :

– Encore un emmerdeur de cabot ! Tout de suite une injection pour un copieux bouillon de onze heures !

Sa voix métallisée, quel supplice ! Et ses intonations de surveillante en chef dans un hôpital militaire, une surprise pour personne.

Et moi, cynophile en diable, plus proche d'un chien que d'une mégère mal embouchée, cette réplique de circonstance :

– Non pas un cabot, Madame, mais simplement les aboiements, avec des roberts à la dégringolade d'une mégère métamorphosée en clebs. Oui, les aboiements d'une femelle mal macérée dans de l'urine de vipère !

– Alors, pire que tout ! Une chienne à deux pattes ! À coup sûr un esprit mauvais ! Une bête maudite !

Face à ces trois cancanières, dont l'une d'elles dans un langage canin, me voilà pris à la gorge par une forte odeur de langouste et tout à la fois de fiel de chien ! Donc, un propitiatoire prétexte pour moi de la poursuite de ma déambulation dans ce couloir, loin de ces chicanières mal embouchées.

Mais ailleurs, guère mieux !

Un asthmatique pâle et griffu, avec une tronche de chien de traîneau pendu à l'hameçon du paysage des Sorayades. En conversation, néanmoins, avec un mongolien des Balkans, mais malheureusement pas avec un natif de la grande Mongolie !

À côté de ces deux-là, un petit prof piètrement barbichu ! À première vue un adepte des vacances en caravane, un trotsko d'opérette, une bête de syndicat, un hâbleur majuscule, une superbe moisissure de la fonction publique car cracheur dans la soupe mais trop heureux d'une telle pitance ! Bref, l'un de ces multiples suceurs de budget, culturellement revanchard et d'une manière vicieuse, à la connerie déguisée derrière une fausse érudition peinte en trompe-l'œil, et pour preuve son discours *ex cathedra* face à trois grands adolescents boutonneux :

– Jeunes gens, peut-être futurs polytechniciens, centraliens ou bâtards de grandes écoles, le maréchal Ney, duc d'Elchingen, prince de la Moskova, le Brave des braves, non pas une victime de la Terreur blanche, pas plus d'ailleurs que fusillé le 7 décembre 1815 ! Une mystification ! Un évadé grâce à ses Frères !

Le plus faux cul de tous, une absolue graine de futur délateur, certainement un crétin, diplômé méprisant, face aux plus démunis que lui, donc déjà une charogne, d'une voix poltronne :

– Pourtant, Monsieur le Professeur, une version contraire dans tous nos livres d'histoire !

– Normal ! Rien de plus normal ! L'Histoire officielle : une drôle de tricheuse ! En fait, sauvé par l'intervention occulte de Wellington, Ney, au corps remplacé par le cadavre d'un autre, sous une pierre tombale, non loin de Statesville, en Caroline du Nord, et non point au Père-Lachaise, avec comme précision, et preuve absolue, cette inscription sur la date de sa mort « *le* 15 *novembre* 1846 à *l'âge* de *77 an* »".

– Troublant ! Invraisemblable !

Et moi, au jeune homme tout bêta et à l'évidence ignare de la face cachée des choses, de l'envers du miroir :

– Pas plus que cette coïncidence avec la date de naissance de Napoléon, le 15 août 1769, et la date de sa mort, le 5 mai 1821 !

Alors, le professeur, la hargne sur la truffe, plus hâbleur que jamais, mais aussi aux allures de plus finaud que tout le monde, surtout vis-à-vis de sa cour de grands dadais, d'une voix de pet de vache :

– La date de naissance et la date de la mort de l'Empereur ! Merci Monsieur ! Pas besoin de votre science pour un savoir aussi basique !

Bel effet aux yeux des petits ânes déjà marqués du sceau de la connerie et de la suffisance.

Et moi, benoîtement, avant la poursuite de ma désespérante déambulation parmi ces phoques pléthoriques aux allures de pestiférés mentaux, parmi ces chiennes grossièrement peinturlurées et farineuses comme des cataplasmes hors d'usage, parmi ces grenouilles psychorigides obtuses de la bouche du haut, certainement comme de celle du bas, parmi ces surmulots luxueusement dépenaillés à la démarche de frimeurs, parmi ces lévriers bossus à la manière des notables de provinciale fierté, parmi ces musaraignes seulement pucelles de la main gauche, parmi ces lièvres de piètres couches plutôt vénaux ratés que trapézistes de l'au-delà !

– Monsieur le Professeur, entre la date de venue au monde et la date de la clamse de l'Empereur, très exactement 51 ans, 8 mois, et 21 jours. Or, Monsieur le Professeur, vous, érudit de pacotille, toutou crotté d'un savoir accessible au premier débilard venu, votre copain Napo, pour votre gouverne, une durée de vie inscrite dans la date de sa mort : 5 mai (le cinquième mois) 1821… Quelle coïncidence ! Et ça non plus, Ney en moins, pas du pipi de chat !

Quel effet anesthésiant sur le misérable petit prof ! Une magistrale remise en place, avec retour immédiat dans son écurie malodorante !

Le voilà donc, épaules tombantes, immédiatement terrassé dans son orgueil par ma saillie honteusement crétine et strictement sans le moindre intérêt, mais à la mesure de mon dédain pour lui, médiocre colporteur, sans imagination, d'un faux savoir, d'une connaissance des choses à la noix de coco ! Sinistre enseignant, comme tant d'autres d'ailleurs, quelle tristesse quand même ! Quel anti-modèle que ce donneur de bouillie pseudo-intellectuelle, à la cacahuète un jour d'apéritif chez de minuscules bourges de banlieue !

Donc et re-donc, lui, quelques minutes plus tôt, si péremptoire, si petit coq sur ses échasses vermoulues, maintenant, un trombone entre les dents pour son ragoût filandreux de la veille au soir ! Et autour de son cou, à la peau fort ressemblante à celle d'une volaille plumée et pas encore cuite, une vierge scintillante en guise de clochette pour un illusoire rappel à l'ordre. Du foutre encore frais sur la braguette, du moins dans l'apparence, mais plutôt de la purée de navet ! La tronche déconfite, les abats comme sous l'effet d'un vibromasseur, la bouche entre-ouverte, hideuse et figée, coagulée, inacceptable même pour une hyène en rut ! Quel spectacle ! Quel intermittent de la malfaisante connerie que ce faraud suffisant comme une poubelle de nouveaux riches !

Donc, à la suite de mon intervention pseudo-érudite, mais à la mesure de ses allures de grand savant esbroufeur devant quelques échantillons boutonneux d'une jeunesse peu éveillée (mais entre nous, mon attitude une sorte de clin d'œil de pseudo-cabaliste au petit pied, doté d'un esprit frondeur, plutôt qu'un témoignage sérieux de boulet impérial d'une haute densité), de la part du petit maître au caquet rabaissé un spectaculaire volte-face à mon égard.

Tout penaud, le verbe devenu chevrotant et acidulé :

– Nous voilà entre napoléoniens ! Entre admirateurs de l'Empereur ! Entre amis de l'Empire ! Entre dinosaures en voie de disparition ! Alors, et pour la joie et l'enrichissement de mes élèves, encore une anecdote de votre part ? Quelle récompense que votre présence parmi nous ! Par avance, grand merci !

– Quelle bévue, cher Monsieur ! Moi, napoléonien ? Moi, lapeur de crevasses ensanglantées ? Moi, thuriféraire des grognards et des traîneurs de sabres ? Moi, fana des ignobles boucheries ? Et pourquoi pas stalinien ? Et pourquoi pas hitlérien ? Et pourquoi pas collectionneur de soldats de plomb ? Pour moi, Austerlitz : une gare, rien de plus ! Et les maréchaux d'Empire : simplement des noms de boulevards de ceinture de Paris ! Quant à Napoléon : une monnaie périmée ! Adieu, cher Monsieur, et pas très honoré de cette rencontre ! Du moins de mon côté…

Sorayades phi

Et de nouveau en paisible déambulation dans ce couloir peuplé d'une désespérante humanité de service, en quelque sorte, d'une danse macabre, pas encore complètement macabre mais pire ! Ici et là des tronches de petits gris longeurs de murs, de balances, de marsouins du tertiaire, de cockers grogneurs et baveux, de chefaillons de mes deux, de marchands de suppositoires à la prétention d'apothicaires, de videuses de bassins d'hôpitaux avec, pour la frime, des caducées d'une paranoïaque épaisseur d'épinglés sur la plage avant de leur poitrine flasque, de boutiquiers geignards et incultes aux allures de faux quelqu'un, de sans allure à temps complet. Bref, quelle bouffonnerie que ce troupeau d'infortunés déjà morts de longue date, non seulement pour l'histoire des civilisations, mais surtout pour eux-mêmes et en eux-mêmes !

Soudain, de frénétiques et déchirants braillements entrecoupés de plaintifs aboiements, ceux d'un clebs femelle sub-claquant. Quelle chance pour les misogynes et quelle souffrance pour les cynophiles avertis !

Enfin, au beau milieu de tous ces gens à peine dignes d'une figuration dans des jeux télévisés infantiles, un climat de franche rupture d'avec la bétassouille ruisselante, éreintante, laminante de cette populace embêtifiée. Car, dans ce train de nulle part, la seule noblesse du cœur et de l'âme tous deux à la fois, mais malheureusement impalpable, non décryptable, indéfinissable, mythique et engrillagée derrière les hauts miradors de l'inaccessible pensée : les Sorayades de l'Alpha à l'Oméga !

Or, les Sorayades, même pour moi hussard de la vie ordinaire, chevalier de toutes les improbabilités et de toutes les voluptés mentales, boxeur de l'ombre la plus vespérale, déboulonneur de statues de cire ou d'argile, comme, par exemple, celle du Golem. Bref, les Sorayades : un épais mystère aussi rare, imprévisible et capricieux qu'une partition plus ou moins myasthénique au cœur d'une drôle de symphonie.

Des cris, des plaintes, des lamentations, des sanglots étouffés, des cavalcades et puis, en pleine ruade vers moi, un officier des chemins de fer, les yeux exorbités, comme après une couchaille sous contrainte, la truffe congestionnée, de l'écume blanche à fleur de babines, un peu comme après un coït en sa défaveur :

– Docteur ! Docteur ! Vite ! Vite ! Vite ! Par ici !

Et moi, positivement démuni, avec simplement dans ma trousse ma bitte et mon couteau :

– Bien volontiers ! Mais du médical pur et dur ou du chirurgical bête et méchant ?

– Ni l'un, ni l'autre, docteur ! Mais vite ! Vite ! Vite !

– Mais alors, Monsieur l'officier des chemins de fer, pour vous la nécessité de l'intervention d'un médecin, et dans l'urgence, mais ni pour du médical, ni pour du chirurgical... Alors, pourquoi ?

– Un crime, un vrai crime, docteur ! Quelque chose d'horrible, avec du sang partout !

– Pour le crime, Monsieur l'officier des chemins de fer, un policier plutôt qu'un médecin ! Quant au sang partout, plutôt des techniciens de surface que votre serviteur !

Alors, le fonctionnaire littéralement enragé par mon flegme et le sens de ma réponse :

– Quelle honte ! Un toubib aussi indifférent, aussi cynique, aussi inhumain ! Monstrueux personnage !

Puis, cet officier des chemins de fer, dépourvu de la moindre maîtrise de lui-même, déjà reparti en cavalcade dans le couloir avec des jurons plein le museau !

Maintenant, juste à ma hauteur, deux traîneurs de pieds, plus ébouriffés l'un que l'autre et, l'un comme l'autre en actif attelage au timon de leur pipe, avec des voix caverneuses et des accès de toux de poitrinaires. Et leurs crachats rougeâtres dans de crasseux mouchoirs à carreaux, une preuve flagrante de l'état avancé de leur phtisique condition. Mais leur conversation, très édifiante sur le fameux fait divers à la base de l'état comateux du fonctionnaire psychotique :

– Une femme-chien assassinée par une petite bourgeoise cynophobe… Quelle histoire ! Et de plus, cette femme-chien, éventrée avec un vulgaire couteau de cuisine, enceinte de six chiots, presque arrivés à terme !

– Enfin ! Elle, au moins, morte sans souffrance !

– Oui, mais les pauvres chiots…

– Pleinement d'accord avec vous ! Bien triste pour eux ! Les pauvres bêtes !

Dans ce pitoyable environnement, enfin d'imperceptibles nuages de fumée bleuâtre. Et en avant les violons d'une grinçante nostalgie ! En effet, dans le souvenir embrumé et lointain de mon enfance, une immédiate comparaison avec les locomotives à vapeur d'autrefois, au machiniste noir de suie, tout comme son acolyte, d'ailleurs, pelle en main, responsable du tandem et du gavage en charbon de l'impressionnante machine. Et cette machine, la fameuse *Bête humaine,* toujours en arrière-plan dans une évocation de Zola, ce chien de meute de l'école naturaliste. Quant aux deux lascars aux allures de conspirateurs, toujours en conversation sur ce fait divers :

– Du cran, quand même, la meurtrière.

– Entièrement d'accord avec vous ! Et tout au couteau ! Méritoire ! Et sans crainte de la moindre salissure de sang sur son tailleur rose bonbon !

– Du travail de pro ! Cette femme, peut -être professeur de couture dans un lycée professionnel ?

– Oui, peut-être… Mais le compartiment, lui, inondé du sang d'une femme-chien, tout comme le visage de certains autres voyageurs !

– Un détail, cher ami ! Un peu de sang de chien dans les oreilles, dans les yeux ou dans la bouche, un incomparable souvenir pour un voyageur du train de nulle part.

– Surtout pour un touriste un peu chichiteux sur les entorses aux bonnes manières !

– Un touriste ? Un touriste ? Quelle horreur ! Rien de plus con qu'un touriste ! Qu'un vulgaire acheteur de cartes postales, et toujours de mauvais goût ! D'ailleurs, une confidence, entre un chien et un touriste, pour moi aucune hésitation !

– Pour moi non plus ! Et puis les chiens, d'abord, sans distinction de race, des polyglottes accomplis ! Un simple exemple idiot : entre un lévrier suédois et un boxer argentin, une compréhension immédiate simplement par leurs aboiements, leurs grognements, leurs gémissements. Avec les touristes, pas la même chose. Loin de là !

– Oui, le chien, une espèce supérieure, domestiquée depuis la plus haute antiquité. Et en toutes circonstances à l'aise dans sa tête de chien, dans son cœur de chien, dans sa peau de toutou chien !

– Très juste, cher ami ! Or, le touriste, bien souvent la bête immonde par excellence ! L'emmerdeur caractérisé aux mauvaises manières, bruyant, sale, sans-gêne, suspicieux, pingre, bouffeur du temps des autres sans la moindre vergogne, et parfois même insultant et profanateur. Bref, le touriste d'aujourd'hui, depuis sa démocratisation, plus du tout le personnage pittoresque d'autrefois, le voyageur par agrément soucieux d'un élargissement vrai de ses connaissances.

– Mille fois d'accord ! Le touriste d'aujourd'hui, racleur de parquets de musées dans le meilleur des cas, mais le plus souvent un âne enfootbalisé, un bouffeur de sandwiches rances sous cellophane, un malappris, un grossier personnage ! En fait, le reflet le plus affligeant de nos sociétés occidentales dites modernes, industrialisées, nanties ! Bref, de nos sociétés de consommation !

– Et les touristes accompagnés de leurs mioches, ceux-là, pire que tout !

– Non, cher ami ! Pas pour le tir à vue…

– Bravo !

– Mais, à propos, de ce crime commis. Contrairement à la rumeur, non point sur une femme-chien ! Grossière erreur ! Pire ! Bien pire : sur une chienne-femme !

– De vous à moi, quelle différence entre les deux ?

– L'une avec une chaîne de première communion autour du cou ! L'autre avec un collier !

– En effet, une différence de taille !

Et déjà l'entrée du train de nulle part dans une gare d'importance avec, sur le quai, comme toujours, des cercueils gueule ouverte, posés sur des tréteaux. Et puis des croque-morts, dont certains porteurs de muselière, donc pour chiens, en uniformes gris avec de superbes têtes de pitbulls brodés en rouge sur les revers de leur veste. Après tout, croque-morts pour chiens : un métier comme un autre !

Et puis, comme toujours, comme dans la vie, l'arrivée pour certains ! Le départ pour d'autres !

Comme dans la vie, ma poule !

Et les haut-parleurs, plus rocailleux que jamais, en bien flegmatiques crachotements :

– Trente minutes d'arrêt ! Trente minutes d'arrêt !

Sorayades khi

Comme toujours lors de ce genre d'intermède, une intrusion dans un compartiment vide, vitre baissée, pour le spectacle, toujours le même, certes, mais avec des variantes.

Et sur le quai, un régiment de cercueils, tous au garde-à-vous, gueule ouverte comme à l'accoutumée. Mais ceux-là bien différents des autres parce que réservés à des couards et à des faux culs devenus des chiens galeux à la suite d'une inguérissable crise chronique de fourberie majeure et fatale.

Quelle tristesse, quand même, qu'une telle usurpation de titre pour un si bas usage !

Ici, par exemple, le cercueil d'un roquet stalinien, baveux et chicanier, style fonctionnaire frustré, de tous temps en dissidence avec son administration, mais expert en matière de coups de surin dans le dos ! Là, celui d'un bâtard, guérisseur de comptoir, cureton raté et, coïncidence, déjà tête de chien dans sa vie de bipède par accident. Un peu plus loin, celui d'un gros toutou aboyeur dans le genre histrion d'opérettes, pas méchant pour un rond mais pleutre comme pas deux, fieffé esbroufeur et empoté comme un pain d'épice face à une vieille limousine désossée. Puis, celui d'un dogue à l'esprit encore plus court que son museau, infirmier de prétentieuse pointure ! Et plus loin, le cercueil d'un clebs mordeur de pneus de tracteurs par manque de discernement, toujours tenu en laisse par sa femelle. Et, sur les bas-côtés, quelques cercueils de chiennes aux bas instincts, mordeuses et inondées de fiel !

Bref, que de cercueils pour faux cadors, et tous porteurs de lunettes aussi épaisses que l'intensité de leur aveuglement !

Alors, face à ces bières dramatiquement peu mousseuses, un crétin à sa crétine :

– Aux enfers des cadors que ces faux clebs de malheur en pamoison `devant la Madone des toutous !

Tous ceux-là, bien évidemment, indignes d'une sépulture de chez un Grand Maître enfouisseur ! Simplement quelques pelletées de crottin de canasson pour l'éclosion de coquelicots tétaniques !

Et elle, farineuse, cornue et cracra dans l'âme, à son étalon :

– Quelle culture, mon gros minou !

Et, de plus, pour la première fois, au cours de ces escales nécro-funéraires, un impressionnant monument érigé à la gloire de la connerie humaine. Que de noms gravés, et sur plusieurs colonnes ! Et tout autour, une immense jardinière avec des fleurs noires exclusivement arrosées par de la pisse de chiens !

Et maintenant, sur le quai, un autre spectacle.

En contrebas, une conversation pour le moins inattendue entre deux voyageurs de fortuite rencontre :

– Pas possible ! Toi, la lustreuse de Pipeaux de la rue Saint-Denis ! Lulu des Dardanelles ! Une vieille connaissance…

– Incroyable ! Toi ici, Bitte d'acier !

Pour la petite histoire, lui, un ancien poulet de la brigade des mœurs, vraisemblablement à la retraite, à Bordeaux ou en Espagne, depuis plus d'une quinzaine d'années. Bien charpenté, mais gras de partout. Dégarni du côté de la toison, avec, sur les rebords de la cuvette, quelques réminiscences de cheveux noirs. Le visage boursouflé, flasque et gris. L'œil colonial, un tantinet paludéen. Le tout avec sept bonnes décennies sur ses épaules rustiques ! Mais un zélé de première !

Elle, empâtée dans sa dignité de septuagénaire, l'œil toujours accrocheur et la lèvre supérieure à la retroussette, encore goulue, riche d'un vocabulaire défunt et d'une syntaxe plutôt dans le rétroviseur que dans le pare-brise ! En fait, une ancienne de la rue Saint-Denis et de ses environs, autrefois connue dans tout le quartier sous le sobriquet de « Lulu des Dardanelles » en raison de l'étroitesse de son canal ! Et le poulet, avec la manie de ses enquêtes poussées un peu loin, jusque dans certains plumards d'hôtels borgnes, un ancien villégiateur de la couche particulièrement fréquentée – en raison de l'étroitesse de son canal – de Lulu des Dardanelles ! Souvenirs, souvenirs…

– Alors, ma grande salope, avec tes trente passes par jour, à la retraite maintenant ?

– Du calme, vieux ripou ! Bitte d'acier et julot à la carte tricolore. Chère payée, ta protection, à l'époque… Deux fois par semaine le ramassage des pascals, et un petit coup dans les flûtes en prime avant les retrouvailles avec ta bergère !

– Oui, le bon temps…

– Pas toujours pour moi, mon gros salaud !

– Et ma protection ? Pour toi, jamais en cage par exemple ! Jamais de misères avec mes collègues ! Et parfois la bouteille de champ'dans ta piaule ! Alors ! Quand même…

– Aujourd'hui, un poulet de ta race immédiatement à bœuf carotte !

– D'accord, l'IGS sans un pli ! Mais aujourd'hui, ceux de la boîte un esprit différent, bien différent. Une police de petits fonctionnaires carriéristes, plus soucieux de leur promotion et de leur mutation que de leurs résultats sur le terrain grâce à leurs techniques d'infiltration, grâce à leur sens de la psychologie acquise dans les rades et les bordels, ou en compagnie de beaux mecs. Aujourd'hui, ma pauvre Lulu, une police hygiénisée, aseptisée, syndiquée, diplômée et prétendue morale, donc une police frileuse ! Seulement, pour la pratique sur le terrain, pour la bavette au pastaga sur le zinc avec les julos ou les carambouilleurs, pas la même chose !

– Sacré Bitte d'acier ! Toujours aussi convaincant !

– Non, simplement la réalité. De mon temps, la force de la poulaille : les bonnes femmes, les indics et les rades. Mais des résultats ! Le plus important pour la Boîte ! Quant aux méthodes utilisées, aucune importance ! De la broutille ! La police d'aujourd'hui menottée par la Justice. Et la Justice, pas de la tarte avec des magistrats politisés et syndiqués jusqu'au trognon ! Oui, des magistrats moins complaisants envers les poulets qu'envers la fripouille !

Conversation édifiante sur la maison poulaga !

Ce faux couple d'un pittoresque achevé déjà plus loin, en direction de la tête du train.

Dommage !

Mais, hélas pour moi, la perte au change.

En effet, voilà tout de suite une petite conne sautillante, de la pacotille aux doigts, les ongles rose bonbon, le chewing-gum vulgaire et bruyant par d'intermittents claquements, la démarche de cocotte trombonée, à coup sûr, par une petite tête costumée, style pâle agent commercial, ou crétin derrière le guichet d'une agence bancaire, d'une société de recouvrement de crédit, ou d'une institution castratrice et pénalisante ! Bref ! Un sinistre mulet !

Un diagnostic intuitif, certes ! Un risque ! Or, le risque, une attitude contraire à celle, par exemple, d'un pétochard de banquier face à un artiste ! La bête noire des laquais du monde institutionnel dans l'illusoire espoir d'un prêt. Mais ça, un autre discours…

Donc, compte tenu de la situation à l'étalée sous mes yeux, un bref retour sur cette gazelle, midinettement enveloppée de suffisance. Tout ça parce qu'un brave bougre à la gueule de mérou, mal fringué au possible, mais peut-être avec un peu d'âme dans le cœur, en plein accostage de cette cruche porteuse d'une valise lourde d'apparence :

– Mademoiselle, un petit coup de main ? Pour moi, bagagiste dans un aéroport, plus facile que pour vous ! Aucun mérite ! L'habitude ! Simplement l'habitude !

Et elle, comme toute réponse, un haussement d'épaules méprisant de chochotte offusquée.

Alors, l'imbécile de bonhomme, de nouveau à la charge avec les mêmes mots et une insistance encore plus appuyée. À cette bienveillante proposition réitérée sans la moindre arrière-pensée, la petite conne, avec un air de pétasse en furie car, dans sa cervelle de piaf courtisée par un inférieur à son rang, ces mots :

– Pauvre type ! Certainement pas ma valise entre vos mains !

Alors le brave gars, brut de décoffrage, bon bougre, certainement très bête mais néanmoins perspicace, profondément blessé par une si vilaine interprétation de son geste spontané, dans une réplique à la mesure de sa hargne :

– Des pintades et des oies comme toi, à plein tombereaux à la sortie des bureaux ! Ma proposition pour ta valise si lourde pour toi, mais pas pour autre chose ! Uniquement un acte de charité de ma part, espèce de planche à pain, sac d'os, limande, punaise ! Alors, pas de cinoche ! Encore une fois, ma proposition pour ta valise seulement ! Certainement pas pour ta chatte ! Mais après tout, peut-être que dans ton esprit de tarée, ta chatte et ta valise, la même chose ?

Pour moi, auditeur involontaire de cette croustillante scène, quel délice !

Bien remise en place, la petite oie ! Ce colifichet à deux pattes à peine capable, peut-être même pas du tout, d'un acte sexuel responsable avec un touriste de l'amour en extra-conjugale villégiature. Car, entre nous, l'épinglage à son tableau de chasse d'une petite conne, de temps en temps, mais le moins souvent possible, une sorte de convalescence pour les méninges ou plutôt un acte thérapeutique, le temps d'un coup de reins à la sauvette !

Et la bécassine, à la dialectique aussi étriquée que son indigence d'esprit, comme offensée dans sa petite personne par tant de délicatesses verbales lancées à la volée par le gros lourdingue aux propos pas dans la dentelle, prise au propre piège de sa ruisselante bêtise, mâtinée d'une outrancière suffisance. Pour elle, l'esclandre, pas à ça près !

Au secours ! Au secours ! Cet homme-là, en plein harcèlement sur ma personne !

Et l'index filiforme à l'embout rose pointé vers le gros pataud éberlué.

Tout aussitôt, un croque-mort pour chien, porteur, comme tous ses collègues, d'une muselière, en pleine précipitation vers cette empaillée majeure. Mais pour la pétasse, aux jugements bien équarris uniquement sur les apparences, un homme porteur d'une muselière : obligatoirement un chien ! Alors, la voilà partie dans un chapelet d'aboiements enragés, toutes ratiches dehors. Un comportement mis immédiatement à profit par son soi-disant agresseur soucieux d'une revanche assez machiavélique.

Alors, d'une voix récupérée dans le fin fond des enfers, ces hurlements à l'adresse de tous les voyageurs :

– Attention ! Une femme-chien enragée et mordeuse ! Peut - être une chienne à peine morte évadée d'un cercueil et réincarnée en monstre à deux pattes ?

Après le passage de l'ambulance pour chiens et la sérénité revenue, une annonce peu habituelle dans les haut-parleurs :

– Avec toutes nos excuses pour le retard apporté dû à la capture d'une femme-chien mordeuse et particulièrement dangereuse envers les hommes seuls. Des infirmiers canins dans les wagons du train de nulle part avec des vaccins anti-femmes-chiens pour les hommes seuls. Car un simple léchage par une femme-chien, et une mort subite assurée ! Attention aux femmes-chiens chers voyageurs du train de nulle part : un permanent danger !

Alors, par féministe solidarité, sur le quai comme aux vitres des compartiments, comme toujours, comme dans la vie ma poule, toutes les femelles : les gazelles, les oies, les dindes, les bécasses, les guenons, les plus ou moins bien patinées de l'utérus, les poufiasses, les pétasses, les hystéros, les maniérées, les chieuses, les chichiteuses, les éthérées, les pathologiquement mystiques, les truies comme les grandes bourgeoises (parfois les deux dans la même culotte), les bovines comme les chevalines, les familières de la pince à sucre comme celles des doigts en toutes circonstances, les lobotomisées potentielles, les revanchardes ascétiques comme les marmites mérovingiennes, toutes, toutes sans exception, plus aboyantes et plus mordeuses les unes que les autres !

Et pour moi, modeste spectateur de ce chenil en plein air, quel chatoiement à mes oreilles, quel ravissement, quelle récompense !

Sorayades psi

Ce train de nulle part, témoin des dernières courbatures d'un monde gravement usé dans sa rengaine, enfin reparti à contre-ciel au travers de cette terre agenouillée : les Sorayades.

Malheureusement, quel contraste entre ce paysage de dunes et de mirages, à la lisière du cristal et du sublime, et l'humaine condition attelée à la charrette de l'ordinaire avec, sur la ligne d'horizon, l'infranchissable frontière vers l'autre rive. Peut-être celle du Styx ? Peut-être celle du néant absolu ? Peut-être celle du prolongement des êtres et des choses exclusivement par le monde mal connu des ondes ? Car, pour ceux aux antennes sorties, largement déployées, les ondes : un dialogue permanent avec les invisibles, disparus à jamais pour les registres des états civils. Mais pour le plus grand nombre, avec les morts, simplement des chrysanthèmes le 1er novembre, une photo sur la cheminée et basta ! Oui, rien d'autre pour les obtus bardés de petits principes, pour les culturellement façonnés, pour les emboutis sur l'enclume de la normalité, pour les endeuillés du pouvoir émotionnel, pour les exclus de tous les champs vibratoires ! Quelle tristesse ! Quelle indignité ! Quelle méconnaissance des petits et des grands mystères ! Voilà l'un des travers, et pas des moindres, de la terrifiante Humanité !

Bref, tous ces incrédules, des infréquentables !

Malheureusement, dans ce couloir, des voyageurs à des années-lumière de ce type de préoccupations. Car pour eux, profanes en tout, coagulés dans leurs certitudes et gavés de dogmatisme, le monde des ondes : une idée saugrenue, stupide, invraisemblable !

Comme, par exemple, cette grosse cochonne, du moins au tarin, car bonjour la reniflette, aux apparences de laie de première classe avec ouverture sur le marécage, comme dans l'attente d'un coup de rein par un mulet bien membré, mais pas un aristocrate du ouistiti pour un rond ! Cette vorace aux lèvres vulgairement torsadées et à la croupe frétillante, chevaline et outrageusement serrée dans une jupe verdâtre chiffonnée, largement auréolée, à la fermeture éclair à demi ouverte, une anti publicité pour un voyage érotico poétique en chemin de fer !

Bref, avec cette passagère de la désolation une invitation à la saillie immédiate pour un faune de passage pas très regardant sur la marchandise ! Un amateur de poisson avarié pour un tour de manivelle sans lendemain !

Elle, à coup sûr à cent lieues de la problématique des ondes, ou même de choses moins encombrantes pour l'esprit. La pauvre ! Alors, avec sa poitrine à l'apogée de sa destinée, cigarette au museau, ce bref échange entre elle et moi à la faveur de cette inopinée rencontre dans ce couloir :

– Du rif pour ma cibiche, mec ?

– Désolé, Madame, pas de feu sur moi.

– Toujours la scoumoune avec des caves !

– Désolé, Madame !

Et déjà, cette empâtée de partout vers un autre voyageur pour la même demande.

Alors, escorté de mon opulente tristesse intérieure, avec tous ces voyageurs d'une autre galaxie que la mienne, peut-être meilleurs que moi, et sans doute moins pervers, mais si peu complices en n'importe quoi, toujours en déambulation dans ce couloir dans l'attente d'une place dans un compartiment de mon choix, avec des humanoïdes venus d'une autre planète !

Tour à tour deux tranches de cake, nez pointus, oreilles en raquettes de ping-pong, le regard fade, en pleine conversation sur les champs quantiques et sur le binôme de Newton. Quel programme pour la dynamique de la libido !

Puis des joufflus apoplectiques, le sourire en équerre, une branche d'acacia sur le revers de la veste. Certainement pas des horticulteurs ! Des satisfaits d'eux aux petites manières, mais aussi de leur conversation sur le temple de Salomon, sur la mort d'Hiram ! Sans aucun doute du lourd !

Mais aussi des tandems conjugaux avec des mâles au regard huileux, le teint jaune des prostatés, des cirrhosés, des hépatiques à tout prix, des à bout de course, des soumis à leur mégère à outrance, et pour cause ! Bref, des usés jusqu'à la corde avec déjà des yeux évadés de ce monde, des vivants par la force des choses à grands coups de potions chimiques. Á leurs regards, des déconnectés du bulbe aux fusibles hors d'usage ! Quelle désolation qu'une vie en partance d'une si triste manière !

Quant à leur garde-chiourme de bonne femme, presque toujours des dondons tout en bourrelets, un peu comme des doubles rideaux défraîchis, fières de leur autorité sur leurs petits bonshommes, cocufieurs ou cocufiés dans des temps autres ! Mais aujourd'hui, à l'heure de la revanche, plus aucune importance !

D'ailleurs, toujours dans ce couloir, un face à face avec un attelage de ce type. Elle, d'une voix de cheftaine à peine apprivoisée, apparemment trop heureuse dans son rôle de mère supérieure refoulée aux manières laïques :

– Tes gouttes, Papa ! Et dans un quart d'heure, ton cachet !

Et lui, voûté, titubant, baveux, la mâchoire pendante :

– Oui, Maman !

Dans certains milieux, après quelques décennies de relations outrageusement conjugales, donc d'usure du merveilleux, après les épreuves des langes, des abcès dentaires, des cocufiages, de la ménopause de Madame, de la prostate de Monsieur et de tout le reste, dans la corbeille aux reliques toutes les appellations usuelles un tantinet affectueuses ou romantiques ! Des vies approximatives découpées au chalumeau !

Simplement « Papa » ou « Maman » !

Du solidement incestueux, pour d'autres du fusionnel avec ablation majeure du désir ! Finalement de la relation sardinière !

Au plumard comme dans une boîte ! Calés l'un à l'autre, dans un sens, puis dans le sens contraire, draps et couvertures avec !

Ah ! Certaines vies de couples, pas du nougat !

Un peu plus loin, deux tronches de pastèque, hommes plus que mûrs, proprets à l'œil blasé mais positivement vicelard, comme hypnotisés par une greluche aux manières pas très orthodoxes, mais d'une attrayante vulgarité, debout, la truffe sur la vitre, toute la bestiale anatomie branlante par rebonds réguliers dus aux infimes secousses du train de nulle part, un peu comme lors d'une enfilade tranquille dans une chambre d'hôtel mal insonorisée.

Et les deux mecs, l'un râblé comme un camion-citerne, bruxomane à outrance, la toison ajourée et grisonnante, peut-être un ancien faux cul de chefaillon, le type même de l'adjudant aboyeur, du donneur de leçons sûr de son bon droit, de l'infréquentable ouistiti perché sur un arbre à une seule branche ; l'autre, un profil ecclésiastique au museau de lévrier, les joues kysteuses et vérolées, les esgourdes dentelées à l'image de certains chats de gouttières, le blaire violacé sur un physique de sauteur à la perche, l'expression inondée de roublardise, peut-être un marchand de bidets dans des lieux sans eau courante, donc, à propos de la greluche piquante, mais au sens propre avec ses jambes mal rasées, ces embryons de phrases, pour moi cueillis à la hâte :

– Pas un canon, mais avec un oreiller sur la tête, pourquoi pas ?

Alors, le plus râblé, d'une voix de grassouillet :

– Oui, mais seulement en cas de famine !

– Ou alors après une bonne java, entre potes ronds comme des queues de billard !

– La partouze non glorieuse, en quelque sorte !

– Bien évidemment ! Rien de commun avec nos soirées littéraires agrémentées d'échanges spirituels par les voies urinaires, mais avec de la poétesse à l'égo sans égal !

– Comme avec ta sœur, par exemple ?

– Oui, mais elle une femme ni laide, ni bêcheuse, ni conne. Et puis, pas de plaisanterie avec ma sœur, ou ma droite sur ton museau ! Car ma frangine une intouchable, surtout avec tes paluches d'exémateux !

– D'accord avec toi ! Voilà toute la différence entre elle et un cachalot comme la greluche à côté de nous, dramatiquement laide, donc forcément bêcheuse comme tous les laiderons, et forcément conne comme toutes les bêcheuses !

– Félicitations pour ta trilogie : du raisonnement d'initié !

– Non ! Simplement une conception profane des choses.

Pendant ce temps-là, l'oie bêlante, déjà bêtifiante par nature, devant un chiard dans les bras de sa supposée génitrice !

– Miam-miam ! Du bon lolo ! Guili-guili-guili ! Mon petit bonhomme, une risette ?…

Quelle horreur ! Pitié pour les anti-mioches !

Déjà, la greluche toute seule, pas un cadeau ! Mais associée à un moutard violacé et cacateux, la punition suprême ! Pour moi, l'insupportable situation !

Donc, plus loin… et au plus vite !

Mais ici ou ailleurs, toujours la même désolation !

En effet, à l'autre extrémité du wagon, debout et en direction des toilettes, un drôle d'ostrogoth, puant à quelques encablures, déjà très solidement ancré dans la vie d'adulte, plus ou moins désarticulé mais néanmoins autonome.

Bref, comme chacun de nous, un pion sur l'échiquier !

Une ancienne belle gueule devenue aujourd'hui granuleuse, froissée, boursouflée et jaunâtre. Sur le revers de sa veste dévastée par de mesquines taches d'aliments, une introuvable décoration, d'un ordre peut-être fantoche. En fait, un signe distinctif en aluminium crasseux !

Mais mieux ! Beaucoup mieux ! Encore plus prestigieux ! Sur son falzar de spahi, de généreuses auréoles d'urine pour les voyageurs du train de nulle part au génie olfactif défaillant, ou mal apprivoisé. Quelle aubaine pour les narines ! Peut-être, et tout comme moi, un ancien de l'école nasale, un retraité de la narine… Quelle récompense pour les renifleurs ! Car des effluves de pisse de cacochyme, Byzance pour certains amateurs ! Et peut-être, en plus, un grand valétudinaire à la lisière de l'embolie pulmonaire, d'un cancer à retardement mais vorace et grignoteur, d'une prostate de la toute dernière extrémité ou encore d'un gros caprice des coronaires. Et, merveille des merveilles, mais pas annoncé dans le programme, ce pisseux, roteux, péteux, amarré à l'anse gauche d'une contrefaite à l'excès, d'une bossue de superbe magnitude, mais pas forcément cruche pour autant.

Et tous deux, d'une voix dansante, fluette, chevrotante et vulnérable :

– Bonjour, docteur !

Et lui en solo :

– Ah ! La vieillesse… Le pré-deuil permanent ! Une destinée inextricable ! Des jours supplémentaires donnés aux presque absents…

Et moi, électrocuté, bouleversé, ébloui par la charge poétique de ces quelques mots :

– Une réflexion digne d'un grand poète.

– En matière de poésie, mon cher docteur, le superlatif « grand », une considération superfétatoire. Une sorte d'abcès purulent et pas forcément bien venu !

– En complète concordance d'harmonie avec vous. Pour Novalis, par exemple, « *la vie dans un pays habité depuis longtemps, et déjà souvent magnifié par le zèle, l'activité et l'attachement* »…

– Novalis, mon cher docteur ! L'un de mes poètes préférés, mais aussi un philosophe. Un illuminé majeur, mort à l'âge de 29 ans, en 1801. Mais aujourd'hui, pour nos contemporains immédiats plongés dans les ténèbres, Novalis : un inconnu ! Tous les poètes réunis, depuis les temps les plus lointains, rien d'autre qu'une bien modeste poignée d'étincelles sur les parois obscures de l'Univers.

– Cher ami, à chacun le dedans de son regard, et la mort pour tout le monde !

– Quel majestueux pessimisme, mon cher docteur ! Et les roses ? Et les camélias ? Et les coquelicots ? Et le cœur cristallin de certains hommes et de certaines femmes ? Et l'espérance ? Et la fraternité ? Et l'Amour ?

– Et vous, cher ami, quel optimisme ! Et les séismes ? Et les raz de marées ? Et les épidémies ? Et les guerres ? Et la torture ? Et l'égoïsme, la cupidité, l'agressivité et le manque de sensibilité de la majorité du genre humain ?

– En fait, mon cher docteur, la vie, rien d'autre qu'un toboggan. La descente pour les uns, la montée pour les autres…

Puis, presque à la lisière de la suffocation, le vieil homme, au souffle haché, au discours syncopé en provenance du tréfonds de sa bien fragile personne, dans un déchirement poitrinaire de la dernière extrémité, soucieux de l'imminente nécessité de la passation d'un message encore plus grandiose, d'une sorte de testament philosophique :

– Mon cher docteur, dans notre vie merveilleusement et dramatiquement quotidienne, le grand coupable de tous nos agissements cruels et inconséquents, notre plus redoutable ennemi, la raison profonde de notre faillite spirituelle, morale, mentale, culturelle et humaine : le langage non écossé avec le verbe, comme des petits pois avec leur cosse. Lui seul ! Rien que lui à la base de nombre de nos tourments ! De mon point de vue, une seule voie possible pour l'amélioration de la sensibilité poétique collective, donc pour l'ablation de la pensée dictatoriale par le biais du langage : le présent absolu ! Donc, pour moi, mort au verbe ! Pourtant, par nature, contre la peine capitale ! Mais pour moi, encore une fois, le verbe : une engelure de piètre utilité, un accessoire nocif, toxique, un parasite de la poésie !

– Cher ami, cher maître, grand initié, cher voyant, cher prophète, voilà ma préoccupation majeure. Un livre sans verbe par exemple : une sorte de riposte à tous les cuistres de la littérature et de l'information, à tous les laquais de nos institutions, gens de ministères, politiciens, enseignants, journalistes et bien d'autres !

– Cher docteur, en ma qualité de chantre du présent absolu, vous voilà maintenant détenteur de ce modeste héritage. À vous le relais, mais d'une façon opérative, cette fois !

Puis, le regard vers un indéchiffrable ailleurs, ce chevalier de la décolonisation de l'écrit par la mise à mort du verbe, après un imperceptible balancement, victime d'un écroulement fatal.

Mort et bien mort, sans la moindre souffrance, mais le regard frappé du pavillon de l'espérance.

Et l'officier des chemins de fer, un crétin de forte carrure de type porcin, de passage dans le couloir au même instant :

– Et un de plus ! Ou plutôt : et un de moins ! Encore du travail pour les croque-morts de la prochaine gare. Mais malgré sa gueule de doberman, lui, pas dans un cercueil pour chien. Et puis même : maintenant, plus la moindre importance ! Un homme mort ou un chien mort : du pareil au même !

Quel poignant face à face avec l'ignoble réalité !

Quel décalage entre un homme vrai, porteur d'une sensibilité ciselée dans le merveilleux, et un authentique sous-produit de l'espèce, petit chef, petite tête, et vaste connerie, mais salarié et fort de ses protections sociales avant tout.

Donc, de ma part, pas la moindre remarque, pas l'amorce de semblant d'une situation conflictuelle. Car devant un tribunal populaire, entre lui, défendu par son syndicat, et moi, malmené dans mon cœur et dans mon âme, pas un pli !

De ce fait, la carte du profil bas, de l'apparente indifférence et de la poursuite de ma déambulation vers un autre wagon !

Sorayades oméga

Et déjà le train de nulle part en plein ralentissement, puis en très attendue immobilisation dans cette gare de triage, du moins par la fanfare des croque-morts canins, toujours en uniforme gris et porteurs d'une muselière, eux, des bas de plafond aux tambours et aux cymbales, et par un régiment de pétasses bêlantes mais suffisantes, sélectionnées sans difficulté extrême pour la luxuriance de leurs propos infirmes du côté de l'authenticité, mais aussi pour la vaste étendue de leur sottise suppurante, pseudo-bobotisante, maniérées dans l'ordinaire, donc sans raison, et leur fascinante vulgarité, car midinettement cosmétiquées ; elles affectées aux instruments à vent par analogie au caractère reposant de leur conversation ! Rien de misogyne dans cette approche, ou alors une erreur de casting de votre part ! Car les gros cons, prétencelards, vides de l'intérieur, frimeurs, anti-poètes, dépourvus d'affect, coureurs de colifichets et têtes d'ânes, eux aussi largement présents sur la palette de l'humanité de service ! Mais pour les femmes, un vocabulaire plus fleuri, plus étendu, plus poissard. Simplement ma franche préférence pour des filles de ferme, des ouvrières, des grandes bourgeoises, des femmes du quotidien bien à l'aise dans leur petite culotte, de toutes les professions, de toutes les confessions, de toutes les origines, de toutes les cultures, mais par pitié des filles ruisselantes d'accessibilité, d'authenticité et de sobriété avant tout… En toute franchise, ma profonde aversion pour la bobocratie (chez les loulous comme chez les nénettes), bien pourvue et gauchisante, et pour la toute petite bourgeoisie toxique, nocive et puante, délatrice, faussement prudes ; pour ces minaudières, ces fausses grandes Dames parfumées dans le vulgaire, étriquées des méninges, donneuses de leçons, serties dans leurs minuscules principes comme mal à l'aise dans leur hauts-talons. De la bécasse plein pot, mais non comestible, même avec du thym et du laurier des familles ! Gloire aux lavandières, gloire aux blanchisseuses, gloire aux infirmières, gloire aux filles de salles bien à l'aise dans leur statut. Mais pas de démagogie ! Gloire également aux femmes médecins, aux avocates, aux notaires, aux artistes bien évidemment, et à toutes les femmes, sans distinction de profession, habitées par une réelle noblesse de cœur, une respectable simplicité, une éblouissante sobriété dans le verbe comme dans le comportement. Bref, à celles étrangères aux petites manières médiocrement décalquées sur d'autres appartenances étrangères aux leurs ! Et pour les ampoulées, les chochottes, les mauvaises copieuses, les maniérées sans manières, avec du cul à la clé pour les nantis plutôt cons, de la pisse d'âne à tous les repas et une niche dans un parc à autruches ! Un cinq étoiles de choix pour les connes les plus irrécupérables !

Mais du côté des mâles, du kif kif la bourrique ! En effet, pas que des oies, des dindes, des bécasses ! Et heureusement pour elles ! De grosses têtes d'âne également ! D'infectes blaireaux ! Des hâbleurs plénipotentiaires ! Des faux valets de marquis bâchés en hommes du monde ! Des ennemis farouches de la poésie, bien évidemment, mais sur le sujet, des avis péremptoires : verre de wiski dans une main, poignée de cacahouètes dans l'autre, des saliveurs de première ! Et les ricaneuses admiratives en plein hennissement devant leur plein de soupe favori ! Quelle désolation que cette humanité de service, la plus voyante, la plus présente, la plus dangereuse !

Après cet intermède, un retour immédiat dans ce train de nulle part.

Surpris par un tel déploiement et par l'aspect festif de cet arrêt bien différent des précédents, cette question au même officier des chemins de fer, comme par hasard planté devant moi :

– En quel honneur une telle réception pour les voyageurs du train de nulle part ?

– Pour une haute personnalité promise à un confortable cercueil après son déchargement.

– Oui, rien de plus normal, pour ce vieil homme, poète, philosophe, sage de rare volée et grand initié, mort sous mes yeux à la fin d'une conversation d'une exceptionnelle profondeur.

– Ce misérable ? Ce clodo ? Ce parasite ? Cet improductif ? Docteur, un peu de sérieux ! D'abord, poète, tout comme philosophe, voilà de bien inutiles activités pas même répertoriées dans l'annuaire téléphonique ! Tous ces gens-là, des scories, donc des ennemis du peuple !

– Mais alors, en l'honneur de quelle personnalité cette fanfare sur le quai ?

– En l'honneur de la femme-chien assassinée dans le train !

– Monsieur l'officier des chemins de fer, femme-chien, pas un métier non plus et, à ma connaissance, une monstruosité non répertoriée, également, dans l'annuaire téléphonique !

– Camarade docteur, dans certains autres wagons, de tels propos, non conformes à l'idéologie dominante, et l'exécution immédiate !

– Pardon, Monsieur l'officier des chemins de fer !

– Au diable vos pardons abstraits ! Une autre fois, attention à vos propos, camarade docteur ! Pour la masse, des marginaux comme vous, des terroristes de la norme, des ennemis du Système, des parasites dangereux et imprévisibles, donc des coupables ! Alors, et pour la dernière fois, plus la moindre imprudence verbale de votre part, sans quoi…

Et comme toujours, sur le quai, des cercueils gueule ouverte posés sur des tréteaux !

Oui, et aussi comme toujours, comme dans la vie, l'arrivée pour certains ! Le départ pour d'autres !

Comme dans la vie, ma poule !

– Quinze minutes d'arrêt ! Quinze minutes d'arrêt !

Alors, conformément à l'accoutumée, immédiatement le refuge dans un compartiment vide, simplement pour le spectacle sur le quai.

Ici et là, des farauds, des bêtas, d'impitoyables moutonniers, mais aussi, devant les premières classes, toute la pègre des hobereaux partouzeux, menteux, voleux, maquilleux, grands diseux, thésoriseux, baptisés et bien considérés ! Tous des coincés du pouvoir émotionnel, mais des bien « arrivés » dans la vie profane ! Bref, un vivier idéal pour les sauterelles carriéristes plein pot au cul tortilleur et à la moule pas très récalcitrante dans le bureau du patron ou du chef de service, lui-même un cramoisi des neurones, langue pendante devant le petit royaume de la secrétaire aux allures de grande effarouchée !

Normal !

Jupe courte pour promotion rapide !

Et tout ça payé en heures supplémentaires ! Ah, les manœuvrières, les arrivistes, petite culotte entre les dents, des ouvreuses à leur manière ! Non point de flamboyants théâtres pour les autistes trop souvent oubliés, mais plutôt de piètres braguettes ! Malheureusement, dans le genre marécageux. Car, elles, à titre d'exemple, pathologiquement réfractaires à l'ouvrier comme à l'artiste. Haussements d'épaules et parapluie dans le dos à l'infortuné téméraire ! Rien de commun avec les vraies Dames de la bonne bourgeoisie, très souvent, elles aussi, nunuches sur les bords. Si ! Après tout, si ! Le grossier mimétisme ! Les fausses allures ! Le calamiteux faux discours ! Car la petite secrétaire aux ambitions mal placées, donc la dinde grand cru, un fléau, une calamité pour les bâtards des générations futures ! Un anti-exemple pour un chemin de vie bien équarri ! Et la même, trois décennies plus tard, inchangée, mais avec de l'aisance dans la connerie et des hémorroïdes en plus. Donc, une monstruosité bonne pour la taxidermie !

Me voilà enfin récompensé car, immobilisés, sur le quai juste sous ma fenêtre, deux voyageurs pendus à des bagages conformes à l'ordinaire.

D'une part, un blaireau d'une superbe laideur aux allures martiales, goitreux et embarqué dans un écheveau de banalités émaillé de crachats verdâtres sur ce quai non prévu pour l'ostréiculture locale !

D'autre part, une rombière pas très appétissante, aux lèvres gercées, aux nattes cotonneuses et au cul en forme de bassinoire.

Une rencontre inespérée, pour l'un comme pour l'autre ! Tous deux en banale conversation :

– Vous aussi de Paris ?

– Oui, de Paris-plage, ma petite Dame !

– Une plage à Paris ou un bordel au Vatican, pour moi un acte sacrilège similaire !

– Quelle sévérité, chère Madame ! Une plage à Paris, une bonne chose, mais ailleurs, pas dans le cœur de la ville lumière, du moins sur le plan architectural. Dans un quartier plus adapté au public de ce type de plage. Plutôt, par exemple, dans le XIXe arrondissement, sur les hauteurs de La Villette, du côté du canal de l'Ourcq.

– Quelle merveilleuse idée qu'une plage, comme à Copacabana, le long du canal de l'Ourcq ! Du nouveau pour les touristes, toujours à la découverte du ferment poétique et de l'exemplaire hospitalité de certains quartiers de la capitale.

Face à ce spectacle, l'idée immédiate de la composition d'une fable pour première année de maternelle : *La Laitue et le Navet !* De l'écologie ferroviaire !

Mais déjà l'arrivée, d'un pas de grenadier, d'une affolée, d'une ravagée, d'une extravagante, d'une exhibitionniste, avec, dans sa bouche mesquine et soudainement d'ogresse affamée, des flatulences verbales post-soixante-huitardes dans le genre « quelque part », ou « au niveau de » et bien d'autres formules creuses récupérées dans les tinettes d'une gauche de campus. La demi-portion à ses côtés, un faux bohème, renégat d'une bourgeoisie javellisée par le Système. Et eux deux, tous les trois mots des « en fait », des « en fait » à la mitraillette, des « en fait » à la manière d'un hoquet en fin de repas, ou de flatulences en cascade, oui, des « en fait » à la manière des standardistes et de nombreuses petites mains de nos Administrations, ou de gros dadais de service, planqués derrière des bureaux avec des rafales de « en fait » dans une finalité pénalisante ! Ce « en fait » une épidémie grandissante, une expression contagieuse, même chez nos gens de la politicaille !

La conversation, pas piquée des hannetons :

– Avec un Trotski ou un Bakounine à la tête du gouvernement, plus d'embrouilles avec le prolétariat !

Et l'autre andouille, fils de grands bourgeois, vraisemblablement toujours à la soupe chez papa et maman, politisé à la mode des champs de roses, certes, donc mal à l'aise dans sa petite tête et, de ce fait, pas encore mûr pour une position aussi tranchée que celle de la bourrique échevelée :

– Ma chère, avec le prolétariat toujours des embrouilles ! Mais l'Histoire de demain, jamais plus avec, comme référence, les leaders d'hier, morts et bien morts. Voilà du moins mon opinion !

– Sauf avec un Politzer pour l'évolution des masses laborieuses et la conscience de la culture vraie, du savoir progressif, de l'instruction à la portée de tous en quelque sorte.

– D'accord avec toi, lui, avec ses Universités populaires, un ami du peuple, un militant conséquent, un vrai ! Mais, malheureusement, encore une voix du passé, mais pas dépassée…

Puis, au fur et à mesure de leur éloignement, parmi ces gueules de jadis et naguère, de vraisemblablement et de pourquoi pas, des échos de noms pas complètement étrangers à mes oreilles comme, par exemple, ceux de Babeuf, de Diderot et, plus près de nous, ceux de Robert Desnos, de Paul Éluard, de Louis Aragon, et de bien d'autres…

Pour moi, absolue priorité aux indéniables talents avant tout. Car les génies, même approximatifs, pas toujours dans le même camp. Et quel incommensurable bonheur ! Une idée pas toujours partagée ! Mais, la même chose, et en pire, avec l'argent. En effet, la fortune des uns très rarement partagée avec l'infortune des autres… Alors, pourquoi un tel fromage, au nom d'une sacrosainte vérité culturelle, dans le choix d'un talent plutôt que dans celui d'un autre ? Et tout ça au nom d'une idéologie souvent plus flexible que la baguette du coudrier !

Sottise !

Dogmatisme !

Intolérance !

Enfin ! L'ébranlement du train de nulle part ! Pas un mal !

Et la reprise de ma déambulation dans le couloir. Toujours la même chose, mais avec des nuances différentes sur la palette du sordide, du trop attendu, de la désespérance et de la hideur de l'humaine condition.

Ici, des fonctionnaires de la vie en plein bafouillage sur leur promotion ; là, une sous-race d'intellos de comptoirs en déglutition d'idées galvaudées mal digérées ; plus loin, rien qu'à son morphotype, une chèvre de bénitier, plus souvent agenouillée pour le Christ que pour de menus plaisirs. Maintenant, juste près de moi, une tigresse, pommettes saillantes, regard foudroyant et carnassier, bouche dévoreuse d'une largeur hors norme, lèvres taillées pour toutes les formes d'hospitalité, du sperme encore frais sur la jupe. Un détail assez courant dans ce train ! Pas forcément une conne, la femelle, mais une jouisseuse de première, et tout en même temps une donneuse de jouissance, avec vue imprenable sur le balcon en sus !

Tout à coup, l'officier des chemins de fer, à l'autre extrémité du couloir, en pleine cavalcade vers moi, une main sur le front, une autre pour le maintien de son pantalon :

– Docteur ! Docteur ! Vite ! Par ici pour une piqûre d'espoir sur un suicidé imminent !

Et moi, décontenancé par semblable demande, en guise de réponse :

– Désolé… Plus d'espoir sur moi ou même en moi. Et puis d'abord, Monsieur l'officier des chemins de fer, l'espoir dans le train de nulle part, quelle hérésie !

Et le fonctionnaire essoufflé parvenu jusqu'à moi, avec son haleine aux relents de vidange, sa transpiration au parfum médicamenteux, son furoncle tuméfié sur la joue gauche, avec une arrogance verbale digne des meilleurs millésimes :

– Monstrueux docteur ! Barbare de docteur ! Ignoble docteur !

– Et pour vous, Monsieur l'officier des chemins de fer, une piqûre de quoi ? Peut-être un sérum antirabique pour chien enragé !

L'électrochoc immédiat !

À ces mots, cet officier des chemins de fer pris, à son tour, après l'épisode de la femme-chien, d'une crise d'aboiements épouvantables, comparables à ceux du bas-rouge assassiné depuis un certain temps dans ce même train.

C'est alors que l'emblue-jeanée à la dégueulasse, crasseuse à souhait, à son tour en pleine précipitation vers cet homme-chien.

– Mon Tristan adoré ! Toi ! Enfin toi réincarné en connard de vermine puante ! Mon chéri, la papatte à maman !

Et le fonctionnaire toutou, la jambe en l'air et déjà à la nage dans son futal dégoulinant d'urine ensanglantée.

– Quel miracle, docteur ! Mon bas-rouge mort, enfin ressuscité !

– Oui ! Un authentique miracle ! Car entre nous, Madame, votre bas-rouge, quelle belle bête ! À ces mots, la prétendue maman de Tristan dans une rage forcenée :

– Tristan, une bête ! Pauvre connard de toubib ! Tristan, un mec, mais pas de la sale race d'intellos. Avec lui, pas besoin de stéthoscope, tout au flair ! La preuve…

Et l'officier des chemins de fer, accroupi, comme par un acte de suprême obéissance, en consciencieux léchage du postérieur de sa maîtresse enfin retrouvée !

Juste à cet instant, de passage dans le couloir, un couple dans la quarantaine arriviste.

Lui, le mépris de ses congénères dans le regard. L'horrible cadre dynamique à plein nez. La ganache même du parvenu pétri d'une grandiose inculture. Pour lui, les poètes, les artistes, les philosophes, les marginaux, les concubins, les francs-maçons, les turfistes et autres joueurs, les gens venus d'ailleurs, les nécessiteux, des objets de dédaigneux ricanements. Et si, pour ceux-là, par décret gouvernemental, le peloton d'exécution, pour lui, à l'évidence, bravo ! Aucun problème métaphysique ! Un inconditionnel du lessivage de la société ! Un esprit de blanchisseur, en quelque sorte ! D'ailleurs, face à l'officier des chemins de fer devenu homme-chien, à la maman de Tristan et à moi-même, voyageur impliqué en dépit de ma volonté dans cette spirale du théâtre de la réalité, sa remarque, pointue et corrosive, très édifiante et représentative de son état d'esprit, lancée à sa gerce :

– Pour moi, sans le moindre procès, tous les trois dignes d'un enfermement vivants dans des cercueils pour chiens, et ensuite au columbarium pour animaux. Et bon débarras !

Alors, sa roucouleuse caricaturale, non point une oie de basse-cour mais une bécasse sophistiquée, coiffée, manucurée, strictement sapée, tout à fait le style de la secrétaire de direction intrigante dépourvue du moindre affect, une liasse de revues économiques sous le bras :

– Pleinement d'accord avec vous, Monsieur le directeur !

Pas contrariante la bécasse !

Et pour cause ! En fait, jamais contrariante avec son gourou de chef, la bécasse. Prête même jusqu'à la consommation ! En général, par petite touche. Du véritable théâtre de boulevard ! Un jour : rouge coquelicot, lèvres pincées, tournoiements de tête répétés, pour le mime d'un non consentement de baiser hâtif sur la bouche. Et le gros con de directeur, excité comme un âne, mais trop content d'une assistante aussi sérieuse !

Le lendemain : après une invitation à une bonne table, la bécasse, toujours rouge coquelicot, les cuisses serrées, les jambes croisées avec une molle résistance, dans le rôle de la gazelle outragée par le doigt de Monsieur le directeur parvenu, par un jeu de manivelle, jusqu'à la commissure des lèvres du bas, difficilement accessibles car barricadées sous une petite culotte soyeuse et raisonnablement humide. Une grande actrice que la bécasse…

Et le gros con de directeur, plus excité que jamais, après la retrouvaille de ses esprits :

– Pardon, Mademoiselle, de cet instant de faiblesse…

Et elle, comme effleurée par l'esprit saint, avec un hochement de tête en guise d'acceptation et d'oubli de ce moment d'égarement. Et le gros con de directeur, habité par une culpabilité toute passagère, avec une pensée pour mémère à la maison, et une autre en souvenir de son serment de mariage, à l'église bien évidemment ! Alors, tout aussitôt, dans la foulée, une banalité relative à un dossier urgent en instance.

Quelle pitrerie ! Quel jeu infantile entre la bécasse peut-être déjà lourdement ramonée et le gros con peu enclin au pardon ! La comédie humaine par le petit bout de la lorgnette. Et pourtant, la crasseuse et hypocrite réalité !

Ah, l'indécrottable monde des hommes !

Un autre officier des chemins de fer, accouru d'un wagon réservé aux faux immortels, le regard pâle des aquarelles délavées, chiqueur d'une herbe filandreuse peu commune dans les Sorayades, le nez inquisiteur, la démarche ampoulée, les ratiches en avant et, pour la confirmation de son appartenance à l'ordre des officiers des chemins de fer des Sorayades, des oreilles de lapin de garenne, vers moi comme pour une honteuse confession :

– Docteur, pour vous, l'Amour, une absolue nécessité ou un accident de parcours ?

– Une force et une faiblesse, Monsieur l'officier des chemins de fer, ou plus exactement une nécessité accidentelle.

– Donc, un territoire inaccessible pour moi !

Et le fonctionnaire, déjà mouchoir en main, la truffe inclinée des grands endeuillés. Le sanglot imminent.

Alors, de ma part, quelques mots, peut-être mal appropriés à son cas particulier de mulet dépourvu de la moindre lucidité. Le cas du plus grand nombre, d'ailleurs ! Et par certains côtés, une bonne chose, heureusement ! Sans quoi, un manque crucial de cercueils… Même de cercueils pour chiens !

– L'Amour, Monsieur l'officier des chemins de fer, oui, une absolue nécessité pour chacun de nous, tout comme le rêve pour les ectoplasmes encore suspendus aux nuages, et, oui également, tout en même temps un accident de parcours pour les naufragés attelés aux timons de la solitude comme des araignées veuves de leur toile !

Alors, l'officier des chemins de fer, tout rasséréné, son mouchoir de nouveau en poche et, cette fois, le sourire en bandoulière. Mais tout aussitôt une autre question :

– Docteur, pour vous, la mer, un lieu de naufrage ou de repêchage ?

– Une croisée de routes avec, agrippé en permanence au bastingage, l'humble navigateur habité par le risque permanent d'un basculement vers les abyssales profondeurs, d'un côté ou de l'autre, selon l'orientation du miroir.

À peine ces mots prononcés, surprise ! Une deuxième sortie de mouchoir ! Quel spectacle ! Et cette fois, des larmes lourdes comme certaines gouttes de pluie juste avant l'orage, mais aussi comme des caillots de diamant, de saphir, de rubis ou d'émeraude, selon la nature des reflets.

– Mais pourquoi ces pleurs après ma réponse à votre question, Monsieur l'officier des chemins de fer ?

– Vos propos, cher docteur, trop hermétiques pour moi. Aucune entrée possible dans votre discours. Alors, peine perdue de votre part ! Et pourtant, en ma qualité d'enfant de Roscoff, de Carantec et de Plougoulm, fils d'un marin pêcheur disparu au large de l'île de Batz, la mer, face à elle, toujours humble et recroquevillé en prières comme les vieux matelots burinés par tous les vents salés, un peu à l'image des enclos paroissiaux du Léon, comme celui de Saint-Thégonnec par exemple. Ah ! Cher docteur, et la symphonie des mouettes en permanents ricochets sur les parois de la modeste et poignante église roscovite, un spectacle digne des Sorayades !

– De plein cœur et en complète harmonie avec vous Monsieur l'officier des chemins de fer ! Car la mer, pour moi, vagabond en permanent cabotage, un lieu d'asile, de réconfort et d'espérance.

Et l'officier des chemins de fer, avec cette fois une belle qualité de lumière sur son visage zébré par un serein sourire transversal :

– Quel immense bonheur et quel sublime réconfort pour moi qu'une telle approche de la mer dans ma permanente quête d'absolu ! Mais, le plus important pour tous les locataires de la planète Terre, mon cher docteur, la mort… Pour vous : un départ vers rien ou une arrivée sur quelque chose ?

– Le grand point d'interrogation, Monsieur l'officier des chemins de fer ! Une question posée par tous les grands penseurs, philosophes, sages et savants de tous les temps et de toutes les civilisations. Alors, pour moi, non prophète, Monsieur l'officier des chemins de fer, à chacun sa vérité, à chacun ses certitudes, à chacun ses doutes, et tout ça dans son petit bagage pour la grande traversée ! Et après, un repêchage possible ou une noyade définitive ?

– Vous, mon cher docteur, tout comme Charles Cros : trois fenêtres à votre chambre ! Et quelles fenêtres : l'amour, la mer, la mort !

– Oui, Monsieur l'officier des chemins de fer, une marche à trois temps comme une autre. Mais celle-là, de mon point de vue, essentielle, primordiale, existentielle, car, dans la vie, rien de possible sans amour, au sens le plus vaste du terme ; rien de possible non plus sans la mer, homonyme et synonyme de la mère, la maman, source de vie ; quant à la mort, la seule certitude terrestre à notre portée. Après, aux Dieux, aux Diables, à la Terre ou au Ciel, le patrimoine des petits comme des grands mystères !

Et le train de nulle part dans son intangible, irrévocable, inextricable, inexorable, inextinguible et hautement fatale traversée des Sorayades, symbole de cet oppressant et angoissant voyage à vive, très vive, trop vive allure à travers des paysages bossus, chauves, démâtés, feuillus, calcinés, irrigués, ensablés, inertes, opaques, déconstruits, fourbus, réchampis, plantureux, garrottés, sanglés, ouatés, illégaux, flétris, endoloris, luminescents, bâclés, précaires, effarouchés, modulables et peut-être radioactifs !

Quelle déveine sur nos épaules !…

Table des matières

Mise en page : LEN

Achevé d'imprimer en mai 2014 par LEN S.A.S. – 92150 Suresnes
Dépôt légal : mai 2014
Imprimé en France

Manufactured by Amazon.ca
Bolton, ON

17206427R00102